KB106184

습관은 반드시 실천할 때 만들어집니다.

좋은습관연구소가 전하는 17번째 습관은 '다시 책을 읽고 영화를 보는 습관'이다. 누구나 한 번쯤은 책과 영화를 통해 예상치 못한 위로를 받아본 적 있다. SNS, 유튜브, 넷플릭스 등 우리의 시선을 사로잡는 콘텐츠가 넘치는 세상이지만 다시 한 번 책과 영화로 시선을 돌려보는 건 어떨까?

* 이 책은 2020년부터 2021년까지 작가의 브런치 계정에
연재된 글을 바탕으로 했습니다.

큐 작가 정화영의 사람, 책, 영화 이야기

서툴지만, 결국엔 위로

| 이 책에 대하여 |

위로받지 못할 인생이 과연 존재하기나 한 걸까?

"하루가 끝나고 사람들이 서두를 무렵 나의 하루는 시작된다. 메뉴는 이것뿐, 손님들이 원하는 대로 만들어준다. 굽이굽이 후미진 곳까지 찾아주는 이가 있냐고? 그게 꽤 많다."(심야 식당 인트로)

심야 식당의 노렌을 열고 들어가면 그곳에는 우리를 위로해 줄 것 같은 식당의 주인장 '마스터'가 나온다. 그는 식당을 찾는 손님들의 이야기를 전해 듣고 위로와 같은 음식을 내어준다.

이 책의 작가 정화영은 바로 마스터와 같은 존재다. 휴먼 다큐를 오랫동안 집필해온 이력은 사람을 관찰하고 꿰뚫어 보는 시선으로 평범한 이들에게서도 숨은 사연을 발굴해내는 묘한 힘이 있다.

그녀는 총 20개의 에피소드를 통해 그동안 '마스터'로서 자신을 지나쳤던 사람들을 하나씩 회상하며, 그들에게 보냈던 위로 혹은 위로하지 못했던 후회의 말들을 하나씩 펼쳐 놓는다. 마치 한 편의 드라마를 보는 것처럼 각각의 에피소드는 모두 매력적이고 흥미진진하다. 그리고 여기에 오랫동안 읽고 봐온 책과 영화를 덧붙이며 우리의 고민은 특별한 누군가 만의 것이 아니라 누구나 겪는 일상의 한 부분임을 알려준다.

이 책을 읽는 독자는 때로는 작가가 되었다가 때로는 에피소드의 주인공이 되었다가, 그렇게 자신의 감정을 이입하며 '위로'라는 선물을 받을 것이다. 그리고 작가가 인용한 수많은 책과 영화는 더더욱 우리의 내면을 풍성하게 만들어주는 씨앗이 될 것이다.

감정쓰레기통이 되면 어때서

고등학교 때부터 다큐멘터리 방송 작가가 꿈이었다는 작가 정화영은 어떻게 보면 꿈을 이룬 사람이다. 혼자 자료 조사해서 썼던 생애 첫 번째 기획안이 상을 받게 될 줄이야. 그렇게 SBS TV 문학상에서 다큐멘터리 부문 우수상을 받으며 진짜 방송 작가가 되었다. 이후 그녀는 한 가지 고민에 빠졌다.

“방송일을 시작한 지 겨우 2년 만에 지상파 메인 작가가 되긴 했는데 말이죠. 그때부터였던 것 같아요. 글을 잘 쓰기 위해, 좋은 작품을 만들기 위해 가장 필요한 건 뭘까 고민했어요. 그리고 알게 됐죠. 공감이라는 걸요. 출연자의 감정과 인생에 공감하는 습관은 그렇게 조금씩 생겼어요.”

휴먼 다큐멘터리를 제작할 때 작가는 PD가 찍어온 영상과 일방적인 공감을 해야 한다. 출연자는 이미 과거의 모습으로 남아 작가의 손에 들어오기 때문이다. 그렇게 영상을 보며 주인공의 희로애락을 따라가다 보면 박수를 치기도 하고 함께 울기도 한다. 심지어 주인공이 멍하니 서 있는 뒷모습에서도 그들의 감정을 읽기도 한다.

작품에 출연하는 사람들은 한국인일 때도, 언어가 다른 외국인일 때도 있다. 사회적 지위가 높은 사람일 때도 아파서 아무것도 하지 못하고 좌절에 빠진 사람일 때도 있다. 작가에게 관찰의 대상은 언제나 달랐지만 누구든 상관은 없었다.

그녀는 누구보다 삶의 소리를 잘 끄집어내는 작가다. 그래서 자신이 감정쓰레기통이 되면 어떠냐고 말한다. 휴먼 다큐멘터리 작가만이 할 수 있는 말이다. 그렇게 스스로 감정쓰레기통이 되어 수많은 영상의 주인공들이 내뿜는 감정들을 모두 받아주었다. 그게 그녀의 일이었다. 그녀 주변을 스쳐 지나갔던 수많은 인연들 사이에서 그들의 감정을 읽고 그들의 감정에 공감하고 때로는 위로를 보내며 기록했다.

서문

기적은 내가 아닌
다른 사람을 위로하던 순간에 일어났다

위로 받고 싶은 날들이 있었다.

태어나서 처음으로 마주하는 거절, 예상하지 못했던 배신, 용서되지 않는 상처, 나를 기만하고 속인 사람들. 열심히만 하면 될 줄 알았지만, 줄 세우기로 버림받았을 때 - 나는 눈물도 나오지 않아 주저앉았다.

가끔은 나의 신앙심을 부채질해 하나님의 도움을 구하기도 했지만, 그렇지 못한 날도 많았다. 신이 도와주려고 해도 내가 아무것도 하지 않으면 받을 수 없다는 생각 때문이었다. 가만히 있으면 아무 일도 일어나지 않을 거라며 사람을 찾아가 변명하기도 했다. 억울하다거나, 화가 난다고도 했다.

그렇게 해도 해결되지 않는 감정의 소용돌이에 휩쓸릴 때면 방송사 앞에 있는 작은 편의점에 들어가 병맥주를 사마시기도 했다. 유리창 너머로 누군가 아는 얼굴이 없기를 바라면서.

때론 친한 동료들과 작은 공원에 숨어 들어가 수다를 떨기도 했다. 선배 그리고 후배와 함께 나를 가해한 사람을 욕하기도 했다. 그것이 그때 할 수 있던 위로의 방법이었다.

하지만 가까운 동료에게 남긴 말이 부풀려져 또 누군가에게 생채기를 냈다는 걸 알았을 때, 나는 사람이 아닌 다른 것에서 위로를 찾기로 했다. 해결되지 않는 깊은 절망과 슬픔에 잡아 먹히기 전에, 뭔가 하기 위해 눈을 들어야 했다.

그날이었다. 내가 하던 프로그램이 폐지된다는 사실을 알았을 때, 그냥 '기분 나쁘다'라는 말로 설명 안 되는 허무함에 빠졌다. 다행히 나는 새로 시작하는 프로그램에 참여하게 됐지만, 마음이 편치 않았다. 소위 '선택받지 못하는 사람들'에게 빚진 것 같았고, 감정은 쉽게 가라앉지 않았다.

밤 10시를 십분 남겨놓은 늦은 시간까지 회의하다 사무실을 빠져나왔을 때, 나는 돌연 목적지를 바꿨다. 늦은 밤 찾아간 곳은 예술 영화를 상영하는 극장이었는데, 상영 날짜가 얼마 남지 않은 《진짜로 일어날지도 몰라 기적》(고레에다 히로카즈 감독, 2011)을 보기 위해서였다.

새로 생긴 고속 열차가 반대편 기차와 스치는 순간 소원을 빌면, 그 소원이 이루어진다는 망상 같은 기적을 꿈꾸는 아이들이 각자의 소원을 빌기 위해 여행을 떠나는 이야기였다. 아이들은 기찻길을 따라, 고속 열차가 스치는 시간을 찾아서 유랑하고 있었다.

어른들은 믿지 않을, 기적을 꿈꾸는 여행을 쫓아가면서 나는 예상 못 했던 위로를 받았다. 정말로 고속 열차가 스치는 순간을 마주한다고 해도, 기적은 일어나지 않을 것을 알고 있었음에도 – 희망에 가득 찬 아이들 얼굴이 내 모습 같아 웃음이 나왔다.

그 밤 잠자리에 누워 기적에 관해 생각해보았다. 정말 진짜로 일어날지 모를 기적이라는 것이 나의 삶에 있었을까? 질문은 어리석었지만, 답은 명확했다. 나는 알고 있었다.

어쩌면 기적은, 좌절이 만든 자리에서 포기하지 않고 발버둥 치는 과정이었다는 것을. 그리고 기적은, 슬픔에 사로잡힌 순간을 박차고 일어섰던 그때였다는 것을. 그래서 기적은, 내 삶에 이미 여러 번, 일어났었다는 것을.

***

그렇게 다른 위로를 만났다. 문학이, 영화가, 시와 노래가, 음악과 미술이 주는 위로였다. 언어가 있기도 했고, 침묵일 때도 있지만 형식은 중요하지 않았다. 그런 경험들이 쌓이면서 나는 진짜 어른이 됐고, '기적을 꿈꾸던 나'에서 '기적을 경험하는 나'로 성장했다. 그래서 오늘, 나의 부족한 위로를 낙서 같은 글로 대신해 말할 수 있다.

나는 특별한 위로자는 아니지만, 당신이 어떤 위로라

도 해달라고 내 팔을 두 번 친다면. 함께 대화하자고 손 내밀 수 있다.

Although the world is full of suffering, it is also full of overcoming of it. (세상은 고통으로 가득하지만, 그것을 이겨내는 일로도 가득 차 있다.)

– 헬렌 켈러 (Helen Keller)

목차

1.

불륜을 시작한 친구의 전화

죽은 새와 같은 존재가 될 때

나를 사랑하는 방법은 없을까

밤 12시 무렵이었다. 잠이 들 시간은 아니었지만 잠잘 준비를 끝낸 나는 널찍한 침대에 누워 이불에 몸을 비비고 있었다. 한 손에 핸드폰을 들고 궁금하지 않은 뉴스들을 보면서 내가 세상과 분리되지 않으려고 애쓰는 중이었다. 그때 전화가 왔다.

"잤어?"

바짝 긴장한 친구의 목소리가 낯설었다.

"안 잤지. 왜 그래? 무슨 일 있어?"

"저기 내가 할 말이 있어서…."

말투가 이상했다. 마치 누군가 곁에 있는 듯. 아니 자신의 곁에 있는 사람에게 쇼를 시작하는 사람처럼, 부자연스러웠다.

"뭐야. 누구랑 같이 있어?"

"……."

"누구랑 같이 있는데?"

"……."

"남편이랑 싸웠어?"

숨소리가 다르게 느껴졌다. 친구가 밤 열두 시에 전화해서는 입을 다물다니…, 내가 알아야 했다. 내가 친구의 마음을 헤아리고 입을 열게 할 한마디를 해야 했다. 뭔가 안 좋은 일이 벌어지려는 것은 아닐지, 머리가 팽팽 돌았다.

"나 들을 준비 다 됐어. 다 괜찮으니까 말해. 괜찮아. 말해봐."

그리고 숫자를 셌다. 하나, 둘, 셋…, 친구가 입을 뗐다.

"고해성사를 하려고 합니다. 저는 죄를 지었습니다."

"……!"

숨소리를 죽여가며 수화기에 귀를 바짝 가져다 댔다.

방금까지 평화롭던 나의 세계는 사라졌고, 이내 어두운 밤 어딘 가에 아이처럼 주저앉아 있을 친구의 세계가 열렸다.

"남편이 아닌 남자를 만났습니다."

사실 나는 알고 있었다. 어찌 모를 수 있을까. 남편과의 불화가 길게 이어졌고, 외롭게 혼자 두 아이를 키우고 있었으니까. 돈을 벌겠다고 들어간 그곳에서 다정하게 도와주는 한 남자의 이야기를 꺼냈을 때 난 이미 알았다. 친구는 그 남자에게 인생을 기대고 싶었다는 걸. 슬픔을 위로받고 싶었다는 걸.

친구의 고해성사를 뚝 잘라내며 다시 물었다.

"알아. 지금 같이 있어?"

"응."

"근데 왜 지금 전화를 해. 남자 보내고 전화해. 지금 어딘데?"

"차 안이야."

"빨리 들어가. 애들 기다리잖아. 어서 집에 들어가서 전화해."

나는 다그쳤지만, 친구는 울기 시작했다. 숨소리만 들려왔지만 난 알 수 있었다.

'헤어지려고 했어. 오늘 헤어지려고 했어. 너한테도 얘기하고 내가 잘못하고 있다는 걸 알리고 싶었어. 아이들에게도 미안해. 그런데 잘 안돼. 어떻게 해. 나를 도와줘'라는 말. 하지 않을 그 말들이 들리는 듯했다.

친구는 함께 있는 '남편 아닌 남자'에게 아마도 그날 헤어질 것을 말했을 것이다. 나에게 전화했지만, 그 말은 내가 아닌 그 사람에게 전하고 싶은 말이었을 것이다. 나는 이렇게 힘이 들고, 상처가 되고, 헤어져야 한다는 걸 알고 있으니, 제발 이 관계를 끝날 수 있게 도와 달라는 말이었을 것이다.

한참 울고 난 친구는 전화를 끊었고, 나는 '기다릴게. 다시 전화해'라고 덧붙였다.

***

며칠이 지났다. 장거리 운전을 해서 친구를 만나러 갔다. 경기도에서 서울을 지나 다시 경기도로, 지도를 대각선으로 접은 것처럼 멀리 떨어져 자주 보지 못한 친구를 오랜만에 봤다. 우리는 함께 나이 들고 있다는 생각을 하며 내가 먼저 말했다.

"뭐야. 왜 이렇게 좋아 보여?"

놀리듯 물었더니 피식 웃는다. 좋을 일이 있을 것도 없는 친구의 삶을 이미 다 알고 있는데.

"남편은 요즘도 집에 안 와?"

'남편 아닌 남자'의 이야기는 뒤로 미뤘다. 내가 얼굴도 알고 밥도 같이 먹었던, 결혼식장에도 쫓아가 축복을 빌었던 남편의 안부부터 먼저 물었다.

출장이 잦은 직업을 핑계로 떨어져 살다 보니 아이들과도 이미 서먹해진 '한 집안의 가장'은 아무도 기다리지 않는 집에 자주 오지 않았다. 게다가 술주정과 폭언, 폭력을 반복하던 가장이었으니, 가족도 마음이 떠나버린 지 오래였다.

그리고 다음 순서를 진행했다.

"그 남자 한 번 같이 만나자. 내가 물어볼 게 있어서 그래."

"…그럴까? 아니다. 아니야."

친구는 깊은 비밀 속에 숨은 얼굴을 내게 결코, 보여주지 않을 작정인 듯했다. 스무 살, 우리가 처음 만났을 때처럼 - 친구는 긴 갈색 머리는 길게 늘어뜨리고 덧니를 들어내고 웃었다. 마음이 약해 싫은 소리는 하지 못하는 착한 소녀. 어디서 왔을지 모를 인생의 죄책감을 어깨에 메고 매번 헛웃음으로 단단하게 자리를 지켜왔던 친구였다. 거친 세월에 무뎌졌고 단단하고 억세 졌던 얼굴이 다시 소녀처럼 되어 있었다. 틀어 올리고 묶어 두었던 머리칼을 다시 길게 늘어뜨리고 앉아 또 수줍게 웃었다.

'아이 씨 뭐가 이렇게 아이러니야. 뭐야, 사랑에라도 빠진 거야?' 묻고 싶었지만, 그 말은 하지 않기로 했다. 나에게 고해성사를 하던 친구의 진심을 위로하기 위해서라도 우리는 '사랑'이라는 단어는 쓰지 않기로 했다. 그리고 그 친구에게 어떤 일이 있었는지 알지 못하는 나로서는 '불륜'이라는 말도 쓰지 않기로 했다.

그 밤 친구의 고백은, 그저 자신과 가정을 지키기 위한 몸부림이었다는 걸, 나는 안다.

"왜 안 보여주려는데. 내가 그 남자 만나는 게 싫어?"

"응."

"그럼…, 헤어질 거야?"

"그래야지."

차마 친구 얼굴을 보지 못해서 커피잔만 만지작거렸다.

"잘 생각했다. 헤어져. 당장 헤어져. 알았지?"

대답 없는 친구한테 한 마디 덧붙였다.

"남편하고도 헤어져. 당장 헤어져. 그냥 다 헤어져. 알았지?"

친구는 피식 웃었다가, 깔깔 웃는다. "그럴까?" 하고는 다시 배시시.

***

아내의 외도를 눈치챈 사무엘은 불륜남을 직접 만나러 가기 전 권총 한 자루를 샀다. 그저 권총 한 자루를 산 것뿐인데. '사무엘'은 몇 년간 잊고 살았던 삶의 환희를 경험한다. 소설 『케네디와 나』(장 폴 뒤부아, 밝은세상, 2006)의 이야기다.

작가이자 세 아이의 아버지인 마흔다섯 살 '사무엘 폴라리스'에게 어느 날 권태가 찾아왔다. 애정을 가지고 지키려고 했던 모든 일에 회의가 느껴졌고 무력감이라는 늪에 빠져버린 것이다. 그런데 서랍에 들어 있는 '권총 한 자루'가 사무엘을 조금씩 흔들게 된다. 권총이 준 용기였을까? 아내의 불륜남을 직접 찾아가 자신의 존재를 알리는가 하면, 자신을 무시하던 치과 의사를 물어뜯기도 했다. 게다가 몇 년간 거리를 두고 살았던 아내와도 다시 잠자리를 한다.

권태는 우리를 무너뜨리는 무서운 질병이다. 관계에서만이 아니다. 반복되던 일상, 매일 습관처럼 가는 회사에서도 권태는 찾아온다. 문제는 이 권태에서 빠져나오는 방법을 모른다는 것이고, 빠져나오려다 잘못된 방법을 선택할 수도 있다는 것이다.

우리에게는 사무엘이 가진 권총 한 자루가 없다. 하지만 무엇이라도 꺼내 들어야 한다. 절망이 가끔은 분노가 되어 나를 지켜주는 것 같아도 그건 방법이 아니다. 힘없이 쓰러진 나를 일으킬 뭔가를 찾아내지 않는다면 돌이킬 수 없는 늪에 빠질 수도 있다.

나는 나 혼자만의 세계에 틀어박혀, 말하자면 아내와 세 아이와는 전혀 상관없이 혼자 사는 셈이다. 우리는 한 집에 살지만, 다 같이 살고 있는 게 아니었다. 우리는 이른바 가족이라는 일체감을 잃어버린 지 아주 오래되었다. 세월이 갈수록 우리의 감정은 파편화되어 조각조각 흩어졌다. 그렇다고 우리 중 그 누구도 각자 다른 세계를 찾아 떠나 살만큼 똑똑하거나 용기가 있는 것도 아닌 채 서로 멀어졌다. 오늘도 한 집에 모여 보통 가족의 관습과 형태를 그대로 흉내 내며 정해진 시간에 함께 식사를 한다. 그러나 나머지 시간에는 각자 무엇을 하든 전혀 신경 쓰지 않는 게 유일한 자존심이라도 되는 사람들처럼 서로 모

"우리는 항상 서로 리듬이 어긋난 채 살고 있었다. 관계가 악화되기 전,
그러니까 한창 사이가 좋았을 때조차도 우리는 서로 시간을 맞추지 못해 힘들었다.
그리고 그 뒤에도 우리는 결코 통일한 시간대에
우리 마음의 시계를 맞추지 못했다."

른 체하며 지낸다.

(중략)

나는 옷을 다 벗은 채 욕실 거울 앞에 섰다. 김이 잔뜩 서려 불투명해진 거울을 통해 나의 모습이 조금씩 보였다. 내 섹스의 윤곽도 보였다. 마치 죽은 새 같다.

-장 폴 뒤부아의 소설『케네디와 나』중에서

***

그날 이후 친구가 그 남자를 계속 만나고 있는지, 묻지 않았다. 어쩌면 그냥, 내가 비밀을 알고 있다는 것만으로도 충분했을 것이다. 내가 다른 일로 안부를 물을 때마다 나와의 약속을 기억할 테니까. 위로는 이렇게도 다가간다. 알고 있다는 것만으로도, 말이다.

2.

나의 위로는 잘못되었다

부족한 위로

상처 주는 말들

나는 위로 전문가는 아니다. 그냥 평범한 사람이다. 직업은 방송 작가지만 글 쓰는 일이라면 뭐든 한다. 생계형 작가니까, 돈을 준다면 쓴다. 홍보물도 쓰고 웹드라마도 쓴다. 글을 쓰는 일이 익숙하니까. 그냥 쓴다.

그런 나에게 가끔, 예고 없이 누군가가 찾아와 삶의 통증을 덜어내려 한다. 전화가 오고, 메일이 오고, 문자도 톡도 온다. 그리고 우리는 만난다. 부족한 위로의 말을 건네고 서로를 바라본다. 이것이 전부다.

위로 전문가가 아닌 내가 서툴게 위로를 하다가 가끔 그 '억지스러운 격려' 때문에 상처를 주기도 한다. 그런 경험은 누구에게나 있을 수 있다. 나에게도 있다.

소연이는 착한 동생이었다. 나이도 한 살밖에 차이 나지 않았는데 늘 존댓말을 썼다(내가 12월생이었고 소연은 3월생으로 겨우 내가 3개월 언니였지만). 때론 소연의 '예의 바름'이 부담스러워 "그냥 반말해!"라고도 해봤고, "뭐야~ 나만 늙은이 같잖아~"라고도 했지만 바뀌지 않았다. 그래서였을까? 우리는 더 가까워지지도, 더 멀어지지도 않고 일정 거리를 유지했다.

우리는 라디오 방송 프로그램을 하면서 만났다. 다른

프로그램 작가였지만 경력도 비슷하고 집 방향이 같아서 자연스레 같이 퇴근했고 긴 이야기를 나눴다. 그런 퇴근길이 1년 정도 이어지다가 내가 라디오를 떠나 TV 방송으로 일자리를 옮기면서 자연스럽게 멀어졌다. 서로의 일상은 쉽게 공유되지 못했지만, 가끔 만나 수다를 떨며 인연을 이어갔다. 1년에 한두 번 문자를 주고받았고 문득 생각날 때 밥을 먹고 문득 서로를 걱정했다.

그러던 어느 날 아침이었다. 출근 준비를 한참 하고 있던 때에 전화가 왔다.

"소연! 안녕? 잘 있었어? 근데 급한 일이야?"

"아니에요, 언니. 바쁘시면 나중에 전화할게요."

소연의 예의 바른 태도에 잠깐 긴장이 됐다. 1년 만의 전화 통화인 데다가 지나치게 정중한 태도였기에 "내가 좀 있다가 할게!"라는 말이 나오지 않았다. 괜히 상처받을까 신경이 쓰여 전화를 끊을 수 없었다.

"아니야. 그냥 얘기해. 무슨 일 있어?"

나는 한 손으로 집 정리를 하면서 대화를 이어 나갔다. 시계를 힐끔 봤다. 회의에 맞춰가려면 10분 내로 나가야 했다. 결국 뛰다시피 하면서 소연이 하는 말을 들었다.

"내가 좀 좋아하는 사람이 있어요. 그런데 그 사람은 내가 자기를 좋아하는지를 몰라요. 오늘 그 사람을 만나서 이야기를 하려고 하는데 어떻게 하면 좋을까요?"

전혀 예상 못 했던 주제였다. 아침 9시가 좀 넘은 시간에 사랑에 관한 이야기가 시작되는 거였다.

"아. 그래? 어떤 관계인데? 일하면서 만난 사람이야?"

동생이 좋아하는 남자와 처음 만난 이야기를 시작하고 있는데, 나는 순간 집중력을 잃었다. 길게 들어줄 시간은 부족한데 어떻게 대화를 이어가야 할지 머릿속이 하얘졌다.

"근데 미안해 소연아. 그런 얘기는 지금 내가 시간이 부족해서 다 못 들을 거 같은데. 오후에 전화할까?"

"그래요. 언니…."

"그래, 그런데 그런 얘기할 땐 술 한 잔 마시는 것도 좋은데…."

"……."

정적이 흘렀다. 한마디를 더 하지 말았어야 했다. 그냥 오후에 전화해서 조금 길게 이야기를 나눴어야 했다.

연애 한 번을 한 적 없는 독실한 크리스천이었던 그녀

가 얼마나 긴 시간 하나님 앞에서 '배우자를 위한 기도'를 해 왔는지 알고 있던 나였다. 그런 소연에게 술 이야기를 하다니. 순간 실수라고 생각하면서도 혹시 도움이 될 수도 있지 않을까 바라는 마음에 말을 보탰다.

"근데 소연아 너무 좋다! 네가 남자 이야기하니까! 근데 너무 진지하게는 말고 가볍게, 편하게 이야기해봐도 좋다는 뜻이었어~. 이따 다시 전화할게!"

소연이가 하려는 말을 다 듣지도 않고, 나는 그냥 평소에 하고 싶은 말을 해버렸다. 지난 10년간, 기도만 하던 소연에게 해주고 싶었던 진심, 소연에겐 정말 어려운 일, 그것을 툭 던져버린 것이었다.

"언니 바쁜데 미안해요. 나중에 전화드릴게요."

소연은 다시, 지나치게 정중하게 전화를 끊었다.

오전 회의가 끝나고 다시 전화를 걸었지만, 소연은 내 전화를 받지 않았다. 그날만 안 받은 게 아니라, 그날 이후로도 내 전화를 한 번도 받지 않았다. 그리고 며칠 뒤에 소연에게 짧은 문자가 왔다.

'언니 제가 좀 바빠서 그래요. 나중에 정리 좀 하고 연락드릴게요.'

나는 가끔 생각한다. 나의 성급한 조언과 위로가 독이 되었을까. 깊은 고민에 빠진 사람에게 던지는 '쉬운 한 마디'는 가시가 되었을까. 만약 처음 전화가 왔을 때 통화를 미뤘으면 - 혹은 둘이 따로 만나 차 한 잔을 마셨다면 - 또 어땠을까. 후회하기도 했지만 이젠 돌이킬 수 없는 일이 되었다.

누군가에겐 제일 쉬운 게 연애다. 낯선 사람과 만나는 것을 즐기고, 쉽게 사랑에 빠지는 사람도 있다. 하지만 반대로 이것이 정말 어려운 사람도 있다. 그게 나는 '너무 진지해서'라고 말했지만, 사실이 아닐 수도 있다. 어쩌면 나는 사실을 모른다. 그날 소연이 하고 싶었던 이야기가 무엇이었는지도 알 수 없다.

***

거대한 대도시에 살면서도 작은 인간관계를 반복하며 사는 시대. 감정을 꺼내 놓은 일은 쉽게 풀어내기 힘든 숙제가 됐다. 매일 만나는 그야말로 '사회관계' 속의 사람은 무의미한 표면적인 인간관계가 될 때가 많다. 그 속에서 애정 결핍에 시달리는 건 나만의 이야기는 아니다.

서른일곱 살의 독신 '미셸 쿠쟁'역시 마찬가지였다. 자신이 하는 통계 일은 척척 해내면서도 짝사랑하는 회사 동료 '드레퓌스'에게는 말도 제대로 걸지 못할 정도로 - 연애에 젬병이었던 남자. 로맹 가리의 소설 『그로칼랭』(문학동네, 2010)의 이야기다.

도시엔 많은 사람이 살지만, 상대적으로 우리는 늘 외롭다. 가끔 사무실 창문을 열고 밖을 내려다볼 때면 아이 같은 질문을 하게 된다. 도시에 이 많은 사람은 어디에서 와서 어디로 흘러가는 걸까. 사람으로 가득한 도시에, 왜 친구는 귀한 걸까.

꽤 오랜 시간 질문했어도 나는 답을 찾지 못했다.

회사에서 마음을 터놓고 이야기한다는 것은 솔직히 사치다. 오늘 터놓은 내 이야기가 내일 다른 사람에게 전해질까 봐 조바심이 나고, 내 연약한 심리 상태가 약점이 될까 두려움이 생기기도 한다. 그래서 웃는 얼굴, 강한 표정이 담긴 가면을 쓰고 '외롭지 않아'라는 광고 문구를 쓴 듯 살아간다. 그런 우리가 허물을 벗고 민낯의 나를 보여줄 수 있을까. 쉽지 않다.

소설 『그로칼랭』에서 주인공 쿠쟁은 같은 층에 일하는, 미니스커트를 입고 다니는 직장 동료 드레퓌스 씨에게 관심이 많다. 마음속으로는 '언젠가 그녀와 결혼할 것'이라고 늘 생각하면서도 한 번도 고백하지 못했다. 단 한 번도!

쿠쟁은 반복된 일상에 쫓겨 사는 도시인을 대표한다. 혼자라는 느낌을 덜어내기 위해서, 또 누군가를 만나리라는 기대 속에 수백만까지 사람 수를 셌다던 쿠쟁. 그렇게 숫자를 세다가 꼬박 밤을 지새우는 것도 다반사였지만, 여전히 혼자였다. 일에는 최선을 다하면서도 관계를 만들고 사람을 사귀는 법을 배우지는 못했던 남자는 절대 고독에 갇혀 있었다.

신기한 것은 이것이었다. 아는 사람들 안에선 홀로 있기를 선택하면서도 지하철에서 만난 낯선 누군가와는 쉽게 대화를 나눈다는 거다. 때론 누군가 보여주는 괴기한 '젖소 사진'에 눈물을 흘리기까지 하면서. 저자는 이것이 '서로를 찾아 헤매면서도 만나지 못하는 모든 존재를 생각했기 때문'이라고 이야기한다.

만나지 못하는 존재를 생각하며 수를 세다가 통계 일

을 하게 된 남자 쿠쟁이 결국 선택한 것은 사람이 아니었다. 그는 비단뱀 '그로칼랭'과 살고 있었다.

> 나는 내게서 영원하고 진정한 여성적 가치를 떼어놓는 비단뱀에서 벗어나서 여자와 둘만의 삶을 누리고 싶어진다. 그러나 나날이 결정을 내리기가 어려워진다. 내가 불안하고 불행할수록 그로칼랭이 나를 필요로 한다는 느낌이 들기 때문이다.
> 그로칼랭은 그것을 이해하고 최선을 다해 몸을 늘려 나를 감아주지만 때로는 그것도 부족해서 몇 미터, 몇 미터가 더 있었으면 하고 바라게 된다.
> 애정 때문이다. 애정은 내부에 구멍을 파고 자기 자리를 만들어 놓지만, 막상 거기에 애정이 없기 때문에 의문이 생기고 이유를 찾게 된다.
>
> - 로맹 가리의 소설『그로칼랭』중에서

다른 사람들의 애정과 사랑을 갈구하지만

남다른 사고방식과 언행으로 사람들의 웃음을 사고마는 쿠쟁.

쿠쟁은 결국 비단뱀 그로칼랭('열렬한 포옹'이라는 의미)

사이에서 정체성 혼란을 일으킨다.

그는 열렬히 '열렬한 포옹'을 원했다.

***

우리는 고독하다. 책을 따라가다 보면, 사람 무리 속에 늘 혼자였던 - 불안에 떨고 있는 주인공 쿠쟁을 만날 수 있다. 그리고 막연한 고독에 휩싸여 멍해지는 나도 만날 수 있다. 고립되지 않았지만 우리는 모두 고독한 사람이다. 때론 스스로 '고독의 자리'를 찾기도 하지만, 의지와 상관없이 '고독의 상태'에 빠질 때가 더 많다.

가끔 고독의 상태에서 있는 나를 발견하면 주변을 둘러보게 된다. 차 한 잔을 마실 누군가. 이유 없이 전화 통화를 할 누군가. 가족이면 좋고, 친구라면 더 좋다. 고독의 자리를 빠져나오려면 결국 사람이 필요하다는 걸 우린 이미 알고 있다.

소연이에게 다시 연락할 용기는 아직 없다. 그럼에도 나는 그녀의 전화를 기다린다. 만약 그녀의 삶이 똑같다면 내 관심이 고문이 될까 봐 두렵다.

행복한 목소리가 듣고 싶다. "나 결혼해요"라는 연락은 언제쯤 올까. 사랑에 빠졌다는 소식을 이토록 간절히 기다리고 있다는 걸, 소연이는 알고 있을까.

3.

내 가슴이 C컵인 게 무슨 상관이람

나는 아무 잘못한 것이 없는데

성희롱은 그렇게 아무 때나 온다

"너 가슴이 크다, 응?"

방송 일을 시작하고 얼마 되지 않았을 때 일이다. 나이 많은 미혼의 작가가 내게 건넨 첫 번째 말이었다. 그렇게 두 번째 말도 이어졌다.

"B컵이니, 아님 C컵인가?"

우리는 몇 번 눈인사를 나눴지만 길게 이야기를 나눈 적이 없었다. 그런 그녀가 건넨 첫 번째 대화 주제가 '내 가슴 치수'에 관한 것이라니. 당혹스러워서, 또 뭐라고 대답해야 할지 몰라서, "아…, 네…." 정도로 흘렸던 것 같다.

누가 이렇게 내 신체에 대해 지적을 하면 방어기제가 작동하는 건 당연하다. 어깨가 움츠러들고 등이 볼록 올라온다. 선배 작가의 이야기를 듣고 내 자리로 돌아올 때 나는 명치 근처 옷을 잡아당겨 공간을 만들었다. 어쩌면 습관 같은 거였다.

예상하지 못한 순간에 폭격기처럼 떨어지는 한 마디의 '희롱' - 그 잔상은 길다. 현장에서는 피식, 웃으며 넘어가 버렸는데 시간이 지난 뒤에 스멀스멀 수치심을 태워 올린다. 반복해 기억하다가 이불킥을 하게 되고, 묻어두었다가도 다시 쏟아져 버린다. 비슷한 기억이 얼개를 만들어 성(城)을 쌓기도 한다.

희롱이라는 단어는 곱씹을수록 기분이 나쁘다. 그만큼 수치심의 기억은 사라지지 않는다. 사멸되지 않는다.

말로 하는 희롱은 술자리에서 최고조를 이룬다. 술에 취했다는 이유로 '기억나지 않는' 행세를 하면 가해자도 없다는 걸 우린 이미 경험했다. 술자리에서 나를 당황하게 한 파편 같은 기억들이 많지만, 그중 결코 잊을 수 없는 게 하나 있다.

어느 해, 날짜는 잊을 수 없는 12월 28일이었다. 한 해를 마무리하는 모임에서 1년간 함께 일하던 PD가 술에 취해 말했다.

"오늘 내가 너를 강간하겠어."

주물럭집에서 회식이 끝날 무렵의 일이었다. 술도 잘 먹지 못했지만 1년여 함께 일한 의리로 뭉쳐 그간의 노고를 서로 격려하기 위해 자리를 지키고 있었다. '높으신 분'들은 먼저 갔고, 팀장 격이었던 차장이 돈 계산을 하러 잠깐 자리를 비운 사이 - 이야기의 흐름이 왜 이쪽으로 갔는지 알 수 없었다.

"정 작가, 오늘 너를 강간하겠어!"

방어적으로 가방을 들고 일어섰다. 몸에 붙는 니트 스웨터가 신경 쓰여서 서둘러 외투를 입고 가방을 가슴 쪽으로 들었지만, 순식간에 일은 벌어졌다. 술 취한 또 다른 PD가 말을 덧붙인 것이다.

"내가 잡아줄까?"

"그래 잡아!"

미투 운동이 벌어지기도 한참 전에, 내가 일하던 곳에선 이런 일도 벌어졌었다. 어떻게 이런 일이 아무렇지도 않게 벌어지고, 다시 조용히 넘어가도 되는 거였을까.

PD 둘이서 나를 붙잡아 가게 밖으로 끌었고, 주물럭집이 있던 골목 끝까지 힘 있게 나를 밀고 갔다. 두 사람이 벽으로 나를 세웠을 때, 나는 그것이 그냥 장난이 아니라는 걸 알게 됐다. 더는 안 되겠다는 생각에 힘껏 가방을 들어 그들의 얼굴을 밀어냈다. 그리고 땅만 보고 뛰었다.

안타까운 건 몇 걸음 뛰지 못해 넘어졌다는 것이고, 내 앞에 차장님이 서서 이 모든 광경을 보고 있었다는 거다. 그는 미안하다는 얼굴을 하며 나를 봤지만, 사과는 하지 않았다.

"정 작가, 얼른 가. 다리 괜찮아?"

"괜찮아요. 저 갈게요."

그날은 내 생일이었다. 가족들이 나를 기다리고 있었다. 어린 아들이 케이크에 촛불을 켤 준비를 하고 엄마를 기다리던 밤이었지만, 회식이라 빠지지도 못하고 참석했던 거였는데.

황망하다는 단어가 떠올랐다. 손발이 제멋대로 움직이는 것 같았다. 그리고 눈물이 났다. 매일 퇴근하던 거리가 지옥처럼 느껴졌다. 발이 빨리 움직이지 않아 한참을 걸어야 했다. 주변은 느리게 움직이는 것 같고, 나는 치매 환자처럼 어디로 가야 할지 - 길이 잘 보이지 않았다.

나를 놀리던 PD 두 명은 아마도 그날의 사건을 기억하지도 못할 것이다. 아니 기억이 나도 "기억나지 않는다"고 말할 것이다. 물론 내가 따지고 들었다면 장난이었다고 말할 것도 뻔하다. 하지만 나는 묻지 않았다. 묻고 나면 내가 더 기분 나빠질 것을 알기에 그냥 모른 척했다.

그렇다. 그날 현장에 있던 남자 셋, 아무도 내게 사과하지 않았다.

성추행의 역사를 서술하자면 처음은 어디이고 끝은 왜 없는지 장황한 이야기가 있을 것이지만, 중요한 것은 '이런 경험'이 여성에게는 평생을 함께한다는 것이다.

말로 뱉어버리는 희롱과, 만지려는 손은 어디에나 있었기에 더욱 구차하다. 15살 처음 병원에 입원했을 때도 겪었다. 그날의 이야기를 엄마에게도 하지 못했다. 언니한테 말하는데도 15년이 걸렸으니까. 꺼내 놓자면 수치스럽고 불편한 기억들은 사라지지도 않고 남아서 탑처럼 쌓여 있다.

***

전화가 왔다. 시계를 보니 새벽 6시 반이었다. 7시 반에 맞춰진 알람에 따라 하루가 시작되던 시절이었는데 나를 깨운 것은 우리 팀 서브 작가 A였다.

"언니. 너무 일찍 전화했어요?"

"아냐. 괜찮아. 그런데 오늘 촬영 몇 시부터야? 벌써 시작해?"

주섬주섬 일어나 앉았다. 촬영팀과 1박 2일로 촬영을 떠났는데, 무슨 일일까. 걱정됐다.

"뭐 문제 생겼어?"

"그게 언니…, 흑…."

A가 울고 있었다.

"울지 말고 말해봐. 왜. 촬영이 잘 안 된 거야?"

"그게 아니고 언니. 어젯밤에…."

"어젯밤에 왜, 무슨 일인데?"

"PD님이요. 어제 술 먹고 숙소에서…, 어떻게 내 방문을 박차고 들어와서는…, 내 따귀를 때리고…."

"너 따귀를 때렸다고, 왜? 술 취해서?"

"그리고…."

A의 호흡이 가빠졌고, 목이 메는 듯했다.

"그리고 왜, 왜? 왜!"

"억지로 키스하려고…, 나한테…."

"뭐? 이 개새끼가…!"

욕이 나왔다. 한참을 했다. 하지만 이미 늦은 일이었다. 남은 것은 죄책감이었다. 내가 따라갔으면 달라졌을 텐데. 미안했다. 왜 문을 제대로 왜 안 잠갔냐고 물어볼까 했지만 부질없는 일이었다.

나누고 싶지 않은 상처들이 왜 이렇게 자주, 내 주위에서 발생하게 될까. 위로할 말이 생각나지 않았다.

"거기 택시 불러줄 테니까 일단 서울로 와."

"그래도 될까요?"

"지금 촬영이 문제야. 택시 타고 시외버스터미널까지 나와서 버스 타. 내가 터미널에서 기다릴게."

나는 단호하게 말했지만, A는 내 말을 듣지 않았다. 한 시간여 나와 통화하면서 수치심과 공포라는 감정을 누르며 참아냈다. 촬영을 잘 마무리해야 한다는 프로의식 같은 게 A를 붙잡고 있었을 것이다.

그날 촬영이 모두 끝날 때까지 A는 현장을 지켰고, 아무 일도 없었다는 듯 천연덕스럽게 일하던 담당PD와 함께 서울로 왔다.

***

언론의 힘이 진실을 보도하는 것에 있다는 사실을 모르는 사람은 없다. 그런데 만약 내가 속한 곳에 행해지는 부정한 상황들이 묵인된다면, 우리는 무엇을 하고 있는 걸까. 그런 고민을 하다가 떠오른 영화가 《스포트라이트》(토마스 맥카시 감독, 2015)이다.

스포트라이트는 성추행을 주제로 한 영화로 미국 3대 일간지 중 하나라고 불리는 '보스턴 글로브'에서 실제 있었던 일을 모티브로 하고 있다. 신문사 탐사보도국 스포트라이트 팀에서 가톨릭교회 보스턴 교구에서 벌어진 성추행 사건을 파헤치는 이야기다.

가톨릭교회 사제들의 추행 문제는 이미 수 세기 동안 은폐해 왔던 비밀이었다. 취재가 시작됐다는 걸 알게 된 가톨릭교회는 압력을 넣으며 언론사에 조사하지 않은 것을 요구하기도 했다. 늘 그랬듯이, 가진 힘과 권력을 동원해서.

취재가 위기에 빠진 그때, 피해자가 등장한다. 피해자의 증언만큼 강력한 증거는 없다.

전 11살이었어요. 데이빗 홀리 신부에게 강간당했죠. 기도하러 갔다가 변을 당한 거예요. 가난한 집 아이는 종교에 크게 의지해요. 신부가 관심을 가져주면 그게 그렇게 좋

영화《스포트라이트》의 한 장면

이 영화는 엔딩 크레딧에서

사건 이후 이야기로 더 강력한 메시지를 전한다.

그 몇 줄에서 얻는 위로는 사람이다.

거대한 권력에 저항하고, 함께 고발해줄 사람이

어딘가에 있다는 위로다.

죠. 심부름이라도 시키시면 특별해진 기분이에요. 하나님이 도움을 청하신 것처럼. 추잡한 농담이라도 들으면 기분이 이상하다가도 그게 둘만의 비밀이 되는 거죠. 그렇게 가까워져요.

(중략)

이건 신체적 학대를 넘어 영적인 학대예요. 성직자에게 당하면 믿음까지 뺏기는 거예요. 그래서 술이나 약에 빠지고 그것도 안 되면 자살을 하죠.

– 영화《스포트라이트》'필 사비아노'의 대사 중에서

성추행은 어디에나 있지만, 모두 드러나는 것은 아니다. 성직자가 아니어도, 교양 넘치는 직업을 가진 사람이 아니어도, 가해자에게 성추행은 무조건 비밀이 된다. 왜? 범죄라는 걸 알기 때문이다.

가해자는 말하지 않을 것이 뻔한데 피해자 역시 수치심에 말하지 않는다면 범죄는 어둠에 묻혀버린다. 만약 피해자가 사실을 밝히고 사과를 요구한다 해도 '진짜 사실'로 인정받는 과정은 쉽지 않다.

***

다음 날, 나는 A와 만나 대책을 세웠다. 우리가 원하는 건 한 가지, PD의 얼굴을 다시 보지 않는 것뿐이었다. 하지만 뾰족한 대안은 나오지 않았다. 우리 사회에서 직장 내 성추행을 당하면 할 수 있는 일이 많지 않다. 그저 '이직'을 하는 경우가 더 많을 것이다. '사회 정의'를 부르짖는 방송 PD들조차 '서로 잘못을 용인해주는 사회 집단'에 속해 있는데 우리가 할 수 있는 일이 있기나 한 걸까?

다행인 것은 우리가 어찌할 바를 모르는 사이 - 얼마 지나지 않아 - 가해자 PD는 다른 프로그램으로 갔고, A는 아무 일 없다는 듯 다시 일할 수 있었다.

사랑하는 후배, 친구, 선배들이 피해자가 되었다고 말할 때 - 또 과거의 기억 때문에 여전히 상처 입고 있다고 말할 때 - 해줄 수 있는 위로는 정말 아무것도 아닌 말밖에 남아 있지 않다. "나쁜 놈. 꼭 벌 받을 거야. 우리 오래 살면서 그놈 망하는 거 같이 봐요" 같은 서툰 위로뿐이다. 시간이 지나면 괜찮아질 거라는 말은 해줄 수가 없다. 내가 경험해봐서 안다.

시간이 지나도 기억은 쉽게 사라지는 않을 것이고, 기분도 그리 썩 나아지지 않을 테니까.

4.

'그것'이 처음 찾아오던 날

어느 날 찾아온 '그것'

예상 못 했던 불청객

소안도에서 촬영을 마치고 서울로 돌아오던 길이었다. 내 차를 운전해서 급하게 혼자 내려갔기 때문에 소안도에서 배를 타고 육지로 나와 집까지, 6시간이 넘는 긴 여정을 다시 혼자 버텨야 했다. 내려갈 때는 배 시간 때문에 조바심 내느라 시간 가는 줄 몰랐지만, 다시 돌아오는 길은 그저 한숨이었다.

라디오 주파수도 잡지 못해 묵언 수행을 시작한 지 두어 시간 지났을 때였을까. 이름 모를 터널에 진입한 순간. 내 몸이 이상했다. 소위 '발작'이 시작된 것이었다. 심장이 두근거리고, 식은땀이 나고, 팔과 다리가 경직됐다. 머리는 얻어맞은 것처럼 멍해지고, 운전대를 잡은 손에 힘이 빠지기 시작했다. 100km가 넘는 속도로 달리는 1차선에서 영혼이 분리되는 것 같은 두려움에 갇혔다. 그리고 곧 알 수 없는 '강박'이 찾아왔다. '넌 죽을 거야. 교통사고가 나서 오늘 여기서 죽을 거야'라는 강박이었다. 누군가 경험했다고 들었던 그것. 연예인들이 토크 소재로 삼던 그것. '공황 장애'였다.

살아야 한다는 생각에 비상 깜빡이를 켜고 브레이크를 밟았다. 터널 1차선, 내 뒤엔 '빵'하는 굉음이 이어졌다. 뒤에서 따라오던 차들이 급브레이크를 밟아 만드는 타이어 소리도 들렸다. 겨우 속도를 내 1차선에서 맨 끝 차선으로 이동하는 동안 누군가 내 차를 들이받을 거라는 공포가 나를 지배했다. 손이 덜덜 떨려서 더는 운전할 수 없었고 나는 그냥 완전히 서버렸다. 고속도로 한가운데. 터널 안에서. 나는 내 정신에 공격을 받았고 스스로 고립되었다.

어느 정도 시간이 지났을까. 용기를 내 10여 km를 더 저속으로 움직이다가 처음 보이는 휴게소로 들어갔다. (아직도 그 휴게소가 어디였는지 기억나지 않는다.) 그저 여기까지가 내가 할 수 있는 최선이라고 생각했다.

잠깐 생각했다. 공황 장애의 원인이 무엇이고 어떻게 해결해야 하는지에 대한 생각은 아니었다. 그냥 이런 것이었다. '어떡하면 되지?'라는 질문. 하지만 답을 알지 못했다.

누군가에게 전화를 걸까, 잠깐 고민도 했다. 하지만 대상이 떠오르지 않았다. 가족도, 친구도 스쳐 지나갈 뿐 나를 도울 수 없다고 생각했다. 할 수 있는 일이라곤 그저 '다시 편안하게 숨을 쉴 수 있기를' '두근거리는 가슴이 진정되기를' '손이 그만 떨리기를' '이 공포가 지나가기를' 기다리는 일뿐이었다. 그날, 그 순간으로 돌아가 최고의 해결책을 다시 찾는다고 해도 답을 찾지는 못했을 것이다.

***

몇 시간이 지났을까, 숨쉬기가 조금 편해지자 나는 라면을 사 먹었다. 이걸 먹고 나면 다시 운전할 수 있을 것이고, 또 아무렇지도 않던 과거의 나로 돌아갈 수 있을 거라고 믿으면서 말이다.

목구멍으로 라면을 밀어 넣고 있는데 오랜만에 반가운 이름이 전화기에 보였다. 나를 언니라고도 부르지도 못할 만큼 나이 차이가 한참 나는, 어린 후배 유진이었다. 내가 '입봉'시켜 작가로 만들었다고 자랑삼던 후배였다.

"유진아, 잘 있었어? 웬일이야?"

나는 아무렇지도 않아, 라고 주문을 외우듯 최대한 명랑하게 전화를 받았다. 그런데 전화기 너머로 들려오는 목소리는 기대와 달랐다.

"작가니임…, 작가니임…, 어떻게 해요…."

후배가 울고 있었다.

"유진아 왜 울어, 왜? 무슨 일인데!"

"작가님. 저 일 못 할 거 같아요. 제 능력이 안 되는 일을…, 도저히 제가 할 수 없는 일인 거 같아요…."

2년간 내 취재 작가로 다큐멘터리 자료 조사와 섭외를 했던 아이였다. 그 뒤 또 다른 방송사까지 데려와 다시 1년간 원고 쓰는 법을 가르쳤고, 드디어 진짜 작가가 되라고 떠나보낸 후배였다. 그런데 한 달도 채 되기 전에 못 하겠다는 전화를 한 것이다.

"문제가 뭐야, 못하겠다는 거야? 하기 싫은 거야? 편하게 말을 해봐."

"그게요. 저한테 너무 어려워요. 제 생각엔 못할 거 같아요. 계속하면 제가 다 망칠 것 같아요."

방송 작가로 사는 우리는 자주 다른 프로그램을 만난다. 모르던 사람들과 새로운 기획을 하고 새로운 틀을 잡는 일도 부지기수다.

'저 사람이 나를 어떻게 생각할까' '내 아이디어를 비난하지는 않을까' '내 능력이 기대에 못 미치지는 않을까' 그런 두려움이야 늘 있지만 이겨내야 하는 일이었다. 다른 말로 위로할 것도 없었다. '유진아, 강하게 마음먹어! 넌 할 수 있어!' 이렇게 말해야 했다. 그런데 그런 답이 입에서 나오지 않았다.

마음이라는 게, 그냥 내가 강하게 먹는다고 해서 달라지는 걸까. 나 역시도 지금 이 혼란된 상황에서 빠져나갈 수 없는데. 내가 감히 누구에게 이따위 말로 위로할 수 있을까. 나는 생각을 바꿨다.

"유진아. 너희 프로그램 메인 작가님한테 가서 솔직히 말해봐. 내가 가진 능력보다 맡은 일이 더 어렵게 느껴진다고. 어떻게 하면 좋겠냐고. 나는 그만둬도 괜찮으니 작가님 뜻에 따르겠다고. 솔직히 다 말하고 결정해달라고 해."

솔직하게 그냥 다 털어놓을 때, 답이 나오는 순간이 있다. 고민할 때와는 전혀 다른 양상으로 방향이 틀어지기도 하지만, 생각보다 쉽게 해결책이 나오기도 한다. 정답을 모른다고 생각했지만, 오답이 아닌 모든 것이 정답이라는 걸 잊고 있는 셈이다.

잔소리가 섞인 위로를 하다가 다시 격려를 쏟아내고 전화를 끊었다. 그런데 순간 나를 돌아보니, 내가 상상도 하지 못한 모습을 하고 있었다. 한 손에 전화기를 들고 다시 운전하기 위해 시동을 걸고 있었던 것이다! 유진이의 불안한 마음에 온전히 빠져 나를 잊어버린 순간에, 나는 나의 '불안'에서 빠져나온 것이었다.

안절부절못하던 시간이 우습게 느껴질 만큼 그날 나는 무사히 집에 돌아올 수 있었다.

***

로버트 드니로가 주연으로 등장했던 영화《애널라이즈 디스》(해럴드 래미스 감독, 1999)에도 공황 장애가 등장한다. 물론 공황 장애가 뭔지도 몰랐을 때 - 우연히 본 영화였다.

주인공 '폴 비치(로버트 드니로)'는 뉴욕 최강의 마피아 보스로 등장한다. 얼마 후에 있을 전국 마피아 총회를 두고 극도의 정신 불안에 시달리던 중, 어린 시절 아버지가 암살돼 죽던 순간을 떠올리는 사건을 맞이하게 된다.

마음 깊은 곳에 묻어두었던 충격이 되살아난 뒤 마피아 보스는 이전과는 전혀 다른 사람이 되어간다. 긴장하면 심장이 두근거리며 시도 때도 없이 눈물이 흐르는 불안 장애. 즉, 공황 장애 환자가 된 것이다.

문제는 마피아 보스가 하루아침에 '총도 쏘지 못할 만큼' 마음 약한 아저씨가 되어버렸다는 비극이었다. 강아지를 생각하며 눈물 흘리고, 누군가 내뱉은 말 한마디에 가슴이 무너지기 시작한 것이다.

물론 장르가 코미디인 만큼 과장된 표정과 대사로 웃기기를 작정하고 달려가는, 그저 '삶의 애환'을 다룬 영화로 볼 수도 있다. 하지만 우리는 알고 있다. 나의 눈물은 결코 코미디가 될 수 없다.

"나 공황 장애 왔어요" "오늘 검사 결과 나왔는데, 암이래요"라고 누가 감히 쉽게 말할 수 있나. 직장 동료에게 아픈 것을 말할 수 없는 건 책임 없는 사람이 되고 싶지 않아서다. 가족에게도 말하기 힘든 건 또 다른 장르다. 더 검사해보고, 치료법을 알고. 뭔가 대책이 나올 때까지 미루고 싶다. 걱정시키고 싶지 않아서다. 오랜만에 친구에게 전화를 걸 수도 없다. 뜬금포가 될 게 뻔하기에.

영화 《애널라이즈 디스》에서도 마찬가지였다. 폴은 정신과 의사와 상담하면서까지 병을 이겨내려는 의지를

영화《애널라이즈 디스》의 한 장면

두려움과 절망에 정신이 침식당했을 때.

우리는 아이처럼 울 수밖에 없다.

내가 사람을 죽이던 마피아 보스였다고 해도

할 수 있는 말은 이런 것뿐이다.

"신이시여, 나를 도우소서."

보이지만, '목숨을 내어줄 만큼' 가까웠던 충성심 가득한 심복 부하들에게는 비밀로 한다.

예상하지 못했던 질병이 나를 위협할 때, 방문을 걸어 잠그고 스스로 혼자가 되는 이유는 어쩌면 '타인에게 위로받는 법'을 잊어버려서 일 수도 있다. 스스로에게 위로를 쏟아 놓고 안절부절 방을 서성인다. 의연해지려고 노력하지만 금세 좌절한다. 내가 나에게 하는 격려는 생각보다 긴 시간 힘을 발휘하지 못한다.

영화 속에서 폴은 정신과 의사에게 자신을 고쳐 달라고 부탁하지만, 의사는 거절한다. 사람 죽이는 마피아를 고치고 싶지 않다는 이유로 치료를 거절한 것이다. 그 순간 폴은 울며 성모 마리아를 외치며 기도를 시작한다.

어제까지만 해도, 사람을 죽이던 마피아가 신의 도움을 구하는 순간이었다. 할 수 있는 게 아무것도 없다고 깨닫는 순간이기도 했지만, 누군가의 도움이라도 받고 싶은 순간이었다. 그리고 아무도 도울 수 있는 사람이 없다는 걸 인정하는 순간이기도 했다.

***

공황 장애는 외로운 병이다. 삶에 대한 공포가 만들어낸 질환이다. 극심한 공포와 불안감에 빠졌을 때, 심리적 압박은 신체적 증상으로 나타난다. 심장이 발작했다고 느껴질 만큼 가슴이 두근거리고, 심장 부위가 아파져오고, 호흡도 힘들어진다. 공황 장애에 관한 연구가 부족했던 과거에는 심장이 예민해진 자율신경계 이상이라고 생각해 '예민한 심장(Irritable Heart)'이라든가, 전쟁을 거친 군인에게 나타난 '군인의 심장(Soldier's Heart)'이라고 부르기도 했다.

한강의 단편소설 『작별』(은행나무, 2018)에서 '눈사람'이 되어버린 여자를 보며 생각했다. 스스로 고립되어 눈사람이 됐다고 상상하는 것이야말로 극심한 공포와 두려움에 갇힌 현대인의 단면이라고. 온기 있는 곳에 가면 녹아버릴 것이라는 공포, 녹아내리지 않기 위해 추운 밤거리를 방황해야 한다는 절망. 자신의 존재를 극단의 고독으로 밀고 가려는 슬픈 우리의 모습이라고.

나는 작가가 소설에서 만들어낸 '눈사람'이 불안에 휩

싸여 발작에 빠진 사람 같아 마음이 아팠다. 모든 것이 끝이라고 생각했던 소설 속 여자가 자신의 삶을 돌이켜 보며 마지막을 준비하고 있을 때, 전화가 걸려온다. 전화 속에선 겨우 한 마디가 들렸다. “엄마, 원래대로 돌아왔어?”라는 말이었다.

***

내가 그날 그 공포에서, 어떻게 ‘원래대로’ 돌아왔는지를 생각해봤다. 내가 경험한 첫 번째 발작은 후배 유진이를 위로하는 과정에서 ‘우연히’ 진정되었다. 내가 아닌 타인을 바라볼 때, 관심과 생각을 다른 사람에게 집중시켰을 때 마법처럼 일어난 일이었다. 전혀 기대하지 못한 방법이었지만 나름 한 가지 해법을 찾은 것 같아 다행스러웠다.

물론, 그 현장을 벗어난 이후에도 ‘발작의 경험’에서 자유롭지는 않았다. 그 뒤로 몇 년간 더 터널에 들어갈 때면 가슴이 두근거렸고 공포와 싸워야 했다. 터널이 아닌 곳에서도, 빠르게 달리는 차 안에서 나는 지금 죽을지 모른다는 공포에 힘없이 무너지기도 했다. 그럴 때면 손에 힘주어 '하나님 도와주세요'라고 기도했다.

도망치고 싶었지만, 그렇게 하지 못했다. 왜냐하면, 이미 나는 '어떤 용기'를 경험했기 때문이다. 아무렇지도 않게 이겨낸 그 순간의 기적이 떠올라 괜찮아질 거라는 희망을 버릴 순 없다.

기적의 순간은 내가 아닌 다른 사람을 위로하던 순간이었다는 것을, 결코 잊을 수 없다.

5.

감정 쓰레기통이 되면 좀 어때서

누군가 남긴 말
감정 쓰레기통이라는 아픈 말

어린 후배가 내 품에 안겨 울기 시작했다. 점심 식사 시간이 막 지난, 바쁜 일상에 사로잡혀 움직이는 사람들 사이에서 후배는 작은 새처럼 날개를 움츠리고 울었다. 내가 힘주어 끌어안아 주자 더 큰 소리로 울었다. 몇몇은 우리를 쳐다봤고, 또 몇몇은 힐끔거렸지만 우리는 한참을 계속해서 그렇게 있었다.

무슨 말로 위로해야 할지, 알지 못해 내뱉은 말이 겨우 이것이었다.

"미안해…, 네가 이렇게 힘든 걸, 내가 몰라서. 내가 모르고 있었다는 게. 그게 미안해."

***

방송 작가는 힘든 직업이다. 세상의 모든 일이 힘들 것이지만, 내가 겪은 일은 이것이 전부여서 또 말할 수 있다. 방송 작가는 외롭고 힘든 일이다, 라고.

방송에는 '방송 시간'이라는 정해진 마감이 있는데 그것을 기준으로 수없이 많은 계획과 약속이 줄 서 있다. 아이템을 찾고 답사를 가고 사전 미팅을 하고 촬영 콘티를 짜고 구성안을 만드는 작업까지 지나고 나면, 다시 촬영하고 편집하고 CG를 입히고 성우의 더빙에 음악을 덧붙이는 과정까지, 빽빽하게 채워져 있다. 그리고 그 순서 안에 작가와 연출자를 비롯해 다양한 역할을 맡은 사람들이 어쩔 수 없이 마감에 쫓기며 산다.

그래서일까, 가끔 내가 일하는 곳은 더없이 뜨거웠다가 이내 차가워지기도 한다. 그럴 때 위로가 되는 사람은 동료일 수밖에 없는데 더 정확하게 말하자면 '선배'일 것이다.

그날 나의 품에 안겨 울던 후배는 나와 팀을 이뤄서 일하던 이른바 '막내 작가'였는데 이들이 하는 주된 일은 '모래에서 진주를 찾듯 아이템을 찾는 것'과 '끝도 없는 취재와 섭외'를 감당하는 일이었다. 아무도 모르는 시간에 깨어 있기도 했을 것이고, 모두가 퇴근한 빈 사무실에 불을 끄고 홀로 건물을 빠져나가기도 했을 것이다.

내가 병가를 내고 한 달 자리를 비운 사이에, 후배는 그만둘 것을 결정했다고 했다. 업무의 하중과 중량, 질량의 문제가 아니라고 했는데, 그 진짜 이유가 '관계' 때문이라는 것을 곧 알게 됐다. 그제야 나는 나의 빈자리가 후배에겐 얼마나 큰 것이었는지 알 수 있었다.

그런 까닭에, 후배를 울렸던 '그 어떤 이유'와 상관없이 나의 잘못이라 생각할 수밖에 없었다. 후배가 일을 그만두겠다 말하기 전에, 그 이유를 알았어야 했다. 그리고 그 문제를 해결했어야 했다. 고민하던 시간에 같이 있어야 했고 흔들리는 후배의 시선을 마주 보고 알아챘어야 했다. 하지만 나는 거기 없었다.

만약, 그 고통의 시간을 보지 못했다면, 그것을 지켜볼 눈을 갖지 못했다면, 할 수 있는 게 별로 없었을 것이다. 그래서 나는 그렇게 했다.

그날 사람들로 붐비는 점심에, 커피를 사려고 줄을 선 사람들 사이에서 '함께 울기'로 했다.

***

며칠 시간이 지난 뒤 우리는 다시 만났다. 시원한 막국수를 한바탕 먹고 낯선 카페에 앉아 다시 슬픔을 마주했다.

"왜 좀 더 일찍 말하지 않았어?"

후배는 아무 말도 하지 않았다. 나는 다시 물었다.

"친구들에게도 말하지 않았어? 왜?"

후배는 한참을 망설이다가 대답해주었다.

"아무도 내 감정의 쓰레기통이 되고 싶지는 않을 거라고, 생각했어요…."

'감정 쓰레기통'이라는 말을 듣기도 했고 글로 읽기도 했지만, 후배 입에서 그 말이 나올 줄은 몰랐다. 왜 후배가 슬픈 감정을 꺼내는 그곳이 쓰레기통이 되어야 했을까. 위로를 받는 일이 이렇게 어려운 일인가. 상처를 드러내고 울어버리는 과정이 과연 쓰레기를 처리하는 것일까. 친구에게도 터놓지 못하는 우울의 감정은 도대체 언제까지 나 혼자만의 것이어야 하나.

위로받는 법도 잊어버렸고, 위로받을 시간도 잃어버렸다. 쫓기며 사는 삶의 한 귀퉁이에서 잠깐 멈추고 생각해본다. 진짜 위로가 필요한 사람들에게 가끔은 감정 쓰레기통이 되어 줄 순 없을까.

***

가끔 나도 쓸데없는 감정을 어딘 가에 쏟아버리고 싶을 때가 있다. 가장 가까운 거리에 있는 가족과 그런 '슬픈 감정'에 대해 이야기하면 좋겠지만, 매번 그렇게 하기는 쉽지 않다. 때론 소파에 누워 핸드폰 친구 목록에서 이름을 찾기도 하는데, 실패할 때가 많다.

위로받기를 자청하는 것이 어렵다고 느껴질 때면 나는 캐나다 민속 화가 모드 루이스(Maud Lewis)의 그림을 펼쳐본다. 예상하지 못했던 불편한 감정이나 알 수 없는 슬픔에 사로잡혔을 때 모드의 그림을 보면, 화폭에 채워진 '강렬한 명랑함'에 미소가 퍼진다.

명랑함이 주는 진짜 위로가 무엇인지 경험하게 되면, 그녀와 친구가 될 수 있다. 작품 안에 있는 털 세운 고양이나 화려한 멍에를 쓴 얼룩소를 보고 있으면 나는 마법에 빠져 캐나다의 어느 작은 마을 '노바스코샤주 바튼'이라는 곳으로 - 신비한 양탄자를 타고 하늘을 날아 명랑한 여행을 떠나게 된다.

모드 루이스는 작은 오두막집에서 살았다. 매일 아침

식사를 하고 나면 창가 의자에 앉아 쟁반을 이젤 삼아 그림을 그렸다고 한다. 생선 통조림 깡통을 팔레트로 사용할 만큼 가난했던 그녀는 가장 저렴한 페인트 희석제밖에 쓸 수 없었는데, 그런 가난 속에서도 그녀는 매일 그림 한두 작품을 그렸다고 한다. 태어날 때부터 등과 허리가 굽고 손가락도 펴지지 않는 장애인이었지만, 긍정적인 성격대로 밝은 그림을 그렸고 그것이 생계수단이 되었다. 서른세 살 에 마흔네 살 노총각과 결혼에 성공하지만, 그리 행복한 삶을 살지는 못했다고 한다.

두 사람의 삶을 기록한 책을 보면 남편 '에버릿'은 좋은 남편이 아니었다. 모드는 매일 그림을 그려 생활비를 책임졌고, 술에 취한 남편의 술주정을 이해하며 살았다고 한다. 주변 사람들은 돈에 집착하는 남편에게 평생 이용당했다고 안타까워했지만, 그녀의 생각은 달랐다.

그런데 여기서 의문점이 생긴다. 평생 남편의 감정 쓰레기통으로 살았던 그녀가 어떻게 그렇게 명랑한 그림을 그려낼 수 있었을까.

털 세운 고양이

멍에 쓴 얼룩소

모드 루이스의 일생을 담은 영화 《내 사랑》의 한 장면

서로의 감정 쓰레기통이 되어 살아가는 것이

'사랑'이라고 기록한 영화다.

삶이 어땠을지라도

모드의 그림은, 모두가 행복이었다.

***

감정 쓰레기통이 사람이 아닐 때도 있다. 내가 그녀의 그림에서 위로를 얻을 수 있었던 이유는 작품에 담긴 그녀의 마음 때문이었다. 모드의 작품은 똑같은 그림이 많은데 그녀가 회상해낸 어린 시절의 기억이었다고 한다. 행복한 시절을 추억하던 모드는 기억 속 한 장면을 '마치 노래를 부르듯' 반복해 그려냈다. 그녀에게는 그림이 감정 쓰레기통이었다.

그렇다면 나에게, 감정 쓰레기통은 무엇일까. 누군가 묻는다면 주저하지 않고 대답할 수 있다. 부러워할 수 있지만, 아무도 뺏아갈 수 없는 강철로 된 감정 쓰레기통이 있다. 그것은 '아무 글이라도 쓰는 습관'이다.

세상에서 가장 돈 안 드는 직업이 작가라는 데 자부심이 있다고 말했던 선배가 있었다. 연필과 종이만 있으면 쓸 수 있다는 것은 얼마나 낭만적인가. 글로 꿈을 꾸고, 사랑을 기억하고, 사랑하는 이들을 축복할 수도 있다.

글이란 그런 것이다. 역사를 기록했으니 장엄하고, 독립운동을 했으니 경건한 일이기도 하다. 자유를 위한 투쟁도 이어갈 수 있을 만큼 힘이 있는 것이 글이라고 생각하면 나의 직업이 더없이 좋아진다. 아니다. 직업이 무엇이든 상관없다. '글을 쓴다는 것'이 좋아진다.

여보시오 거기 누구시오
내래 한 발로 서 있어 갈 수 없소
나를 봐주시오

여보시오 거기 누구시오
내래 움직일 수 없어 갈 수 없소
나를 찾아주시오

여보시오 거기 누구시오
내래 낡은 옷을 입어 견딜 수 없소
나를 안아주시오

여보시오 거기 누구시오
내래 가고 싶어도 갈 수 없는 외발이 허수아비라오
나를 잊지 마시오

이 시는 중학교 2학년 때, 나를 포함해 뭉쳐 다니던 7명의 친구가 두 개의 집단으로 나눠 싸우던 시절에 쓴 시 〈허수아비〉다. 친구들이 일곱 명이어서 자칭 '무지개'라고 이름을 붙였는데 빨주노초파남보 뒤에 '희'자를 붙여 별명을 만들었다. 그렇게 정해진 나는 이름은 '초희'였고, 어쩌다 보니 가운데에 있었다.

누구의 편도 될 수 없던 날들이 이어지던 어느 날, 학교에서 시 쓰는 숙제가 있었는데 글쓰기에 나의 감정을 담아 글을 썼다. 나를 '허수아비'에 비유한 것은 아무것도 할 수 없는 무기력함 때문이었고, 어떤 친구의 편도 들 수 없다는 나름의 입장 때문이었다. 거기에 '내래'라는 표현이 등장한 건 당시 봤던 어떤 영화 속 북한 사투리가 강렬하게 남아 있어서였다.

이 시로 선생님께 칭찬도 받았고 백일장에 나가기도 했는데 "이 시 정말 네가 쓴 거야?"라며 의심하는 말을 덧붙이기도 했다. 그때는 이 시가 어두운 시라는 걸 몰랐고 나중에서야 알았다.

***

알 수 없는 우울감, 끝이 없는 상실감, 어떤 존재라는 외로움, 인간이라는 근원적 연약함. 잃어버린 것에 대한 그리움이 찾아오는 밤이면 나는 노트북을 연다. 친구의 우울과 가족의 슬픔. 내가 사랑하는 이들의 아픈 이야기가 전해지는 밤에도 나는 컴퓨터를 켠다. 펜과 노트 대신에 '타닥타닥' 비명을 질러주는 키보드가 있어서 좋다. 너무 좋다. 그래서 오늘 밤도 나는 혼자가 아니다.

6.

술 취한 엄마의 '잠 고문'

엄마가 되어서 알게 된

엄마라는 인생의 무게

열일곱이었다. 그때였다. 우리 집은 가난해졌다. 처음엔 집을 팔았고, 다음엔 전세로 다시 월세로 옮겼지만, 그 삶도 길게 이어지지 못했다. 말로만 듣던 옥탑방 단칸방에 다섯 식구가 함께 잠을 자야 했다.

큰돈을 벌기 위해서는 과감한 투자가 필요하다고 판단했던 아버지의 선택이 완전히 빗나간 그때 - 문을 열면 싱크대가 보이고, 싱크대 옆엔 나를 위한 책상이 있는 작은 집으로 이사했다. 밤이면 나는 그곳에서 공부했고 방 안엔 다른 가족들이 함께 잠들어 있었다.

막연하게 느꼈던 가난이 현실로 다가왔으니 '우리가 완전히 파산했다는 사실'을 명확하게 인지할 수도 있었지만, 철없던 열일곱의 나는 희망이라는 걸 품고 살았다. 어떤 장사도 할 돈이 없다며 엄마가 포장마차를 시작했을 때, 나는 지나치게 최선을 다하는 엄마가 비현실적으로 느껴졌다. 아니 어쩌면 내가 현실과 비현실을 구분하지 못했을 수도 있다. 그냥 더 심플하게 표현하자면 현실이 되어버린 '진짜 현실'이 부끄러웠다.

낮에는 노량진 수산시장에 가서 비닐봉지에 뭔가를 담아왔다가, 밤이 되면 리어카를 끌고 거리를 나가던 엄마는 그때부터 화를 내기 시작했다. 나만큼이나 현실을 받아들이지 못하는 사람, 포장마차를 부끄러워하는 그 남자 - 자신의 남편을 향한 분노였다.

밤 장사를 하던 엄마가 가족들이 모두 잠든 뒤에서야 집으로 돌아오던 날이 이어지던 어느 날 밤, 엄마는 자고 있던 나와 언니를 깨웠다. 엄마 앞에는 김치와 소주가 있었고, 엄마는 울고 있었다.

"내가, 내가…, 너무 억울해서…."

술 취한 엄마는 감정의 늪에 빠져 울었다. 그런 엄마와 대화를 나누기엔 너무 미성숙한 나이를 살고 있던 언니와 나는 공포와 두려움을 느끼며 잠에서 깨어났다.

그날부터 언니와 나에겐 간헐적인 패턴을 그리며 잠 못 자는 밤이 이어졌다. 주된 레퍼토리는 눈물 섞인 설움에 관한 것으로 간단히 말하면 '엄마의 술주정'이었다.

남자를 믿은 죄로 재산을 탕진한 현실이 한심했을 것이고, 매일 포장마차에서 술을 팔아야 했던 신세도 이루 말할 수 없이 처량했을 것이다. 그런 심정을 이해하지 않을 수 없지만, 그런 남자의 자식으로 태어난 우리는 그야말로 좌불안석이었다.

상처받은 기억들을 두서없이 꺼내 놓던 레퍼토리가 이어지다가 분노가 견딜 수 없는 수준에 이르렀을 때면 우리에게 무릎을 꿇으라고 화를 내기도 했다.

서러움과 슬픔, 분노와 절망이 뒤섞인 엄마의 감정이 고스란히 내게 전해졌는데, 그 감정을 '공감'해야 한다는 것만으로도 고통스러웠다. 언니는 이 감정의 소용돌이에서 한 걸음 물러선 사람처럼 살짝 눈을 감고 졸기도 했지만, 그 소용돌이에 휩쓸릴 수밖에 없었던 나는 매일 밤 함께 울었다.

"울지 마세요, 엄마. 울지 마세요."

이런 말 외에는 어떤 위로도 할 수 없는 무기력한 나이였기에, 엄마가 잠들 때까지 그 대화는 이어져야 했다. 새벽 두 시를 지나 새벽 세 시로, 다시 새벽 네 시로 이어지는 일방적인 대화는 참다못해 소리 지르는 아버지의 중재가 터져 나올 때야 비로소 중단되었다.

엄마가 늘 불쌍했지만, 또 싫었다. 자식 앞에서 보여준 지나치게 많은 눈물이 '내가 이 고통 속에서 포기하지 않고 사는 건 바로 너희들 때문이야'라는 원망의 목소리로 들려서였다. 그렇다고 '내가 짐이야? 그래서 내가 없었으면 좋겠어?'라고 물어볼 용기도 없었으니, 마음 약한 나는 두려운 일상을 - 어쩌면 약간 술 취한 사람처럼 - 살아내야 했다.

***

세월이 지나고 가끔 언니와 그때를 이야기한다.

"언니 그때, 잠 고문 기억해?"

"그럼. 정말이지 너무 힘들었어."

"언니, 내가 자다가 자주 깨고 예민하게 자는 게, 그때 생긴 병인지도 몰라."

"그러게, 그럴 수도 있겠다."

서로를, 각자를, 자신을 기특하게 여기다가 문득 이런 질문을 해보기도 했다.

"그때 엄마가 몇 살이었지?"

예상 못 한 나의 질문에 언니는 가만히 생각에 잠기는 듯 말했다.

"마흔일곱인가, 아니 마흔여섯?"

엄마 나이를 가늠하다가 우린 똑같이 탄식했다.

"아이고, 힘들었겠다."

남 이야기를 하듯이. 옛날이야기처럼.

언니와 웃으며 수다 재료로 삼을 만큼 세월이 지났지만, 여전히 엄마 앞에선 말하기가 두렵다. 우리 모두에게 결코 아름다운 추억이 아니었으므로. 게다가 그 시절을 기억하다가, 문득 엄마에게 화를 낼까 봐 여서.

***

얼마 전《파비안느에 관한 진실》(고레에다 히로카즈 감독, 2019)이라는 영화를 보다가 딸과 엄마는 과연 어떤 관계인가를 생각해보지 않을 수 없었다.

성장하면서 엄마의 부재를 경험했던 딸 '뤼미르(줄리엣 비노쉬)'는 여배우로 사는 것이 더 중요했다고 말하는 엄마 '파비안느(까뜨린느 드뇌부)'와 불안한 재회를 하게 된다. 인생을 정리하는 회고록 발간을 앞둔 엄마를 축하하기 위한 만남이었지만, 진심은 다른 곳으로 흘러갔다. 자신을 제대로 돌보지 않았던 엄마가 그 시절을 아름답게 미화한 것을 알게 되면서였다. 그렇게 회고록은 가슴에 묻어둔 딸의 분노를 흔들어 깨웠다.

세상의 많은 딸은 그렇다. 엄마의 삶을 동정하다가, 비난하다가, 이해하다가, 또 거부한다.

딸 뤼미르는 엄마 파비안느를 본격적으로 비난하게 되는데 이상한 것은 엄마의 태도였다. 엄마는 딸의 분노와 원망에 아무 변명도 하지 않았다. 그저 남의 이야기를 듣는 사람처럼 조용히 무시했다. 오히려 배우로서 성공한 자신을 자랑하기까지 했다. 딸의 비난 속에서도 감정을 드러내지 않으며 이렇게 말했다.

"나에겐 모든 게 대사야. 넌 배우로 살아보지 않아서 몰라."

연기하듯 인생을 살았다는 엄마는 자신의 삶을 완전히 사랑했고, 도취해 있었다. 그런 엄마 곁에서 사랑을 갈구하며 살았던 딸은 원망을 멈추지 못했다.

재미있는 것은, 영화가 약속된 '종료 시각'을 몇 분 앞두고 생각보다 쉽게, 그것도 극적으로 갈등을 해결한다는 것이다. 어느 거리의 길거리 연주자 공연 앞에서 두 사람은 아무 일도 없었다는 듯 어깨동무하며 함께 춤을 췄다. 그리고 늦은 밤 자서전 속 '진실' 대한 이야기를 했다.

그 짧은 대화에서 딸은 엄마에게 묻는다.

"마법이라도 부린 거예요? 이러다간 금방 엄마를 용서할 것 같거든요."

딸의 질문에 엄마는 기다렸다는 듯 대답한다.

"너하고 나는 줄곧 잘 지내 왔잖니. 서로 아는데 마법이 왜 필요해."

엄마와 딸은 그런 관계다. '서로 아는 사이'다. 서로를 원망하며 긴 세월을 살았다고 해도 용서하는 일은 마법처럼 쉽게 펼쳐지는, 연민으로 가득한 사이.

***

이희영의 소설 『페인트』(창비, 2019)에는 부모를 선택할 수 있는 아이들이 나온다. 이것이 가능한 이유는 이미 한 번 '버림받은' 아이들이기 때문이다.

부모가 아이를 직접 양육할 의사가 없을 때, 국가에서는 소위 NC(Nation's Children)라는 기관에 의탁해 아이들을 키운다. 양질의 교육을 받고 건강한 밥상으로 식단도 관리받으며 자라난 아이들은 적당한 나이가 되면 스스로 부모를 선택하게 된다. 아이를 낳지 못한 부부도 있지만 양육 수당과 연금을 노리는 어른들도 이곳을 찾는다.

아이들이 부모를 선택하기 위해서 일종의 인터뷰를 하게 되는데 이때 갖는 부모 인터뷰, Parent's Interview를 줄여 '페인트'라고 불렀다. 아이들은 대화를 통해 마음에 드는 어른을 결정하고 그들에게 나의 부모가 될 수 있는 '권리'를 준다.

나이가 많은 편이었던 17살의 제누는 페인트가 까다롭기로 소문나 있었다. 썩 괜찮아 보이는 부모 후보자가 찾아와도 제누는 번번이 거절했는데 누가 진짜 좋은 부모인지, 확인하기 어려워서라고 했다.

"저보고 어떤 부모를 선택하겠냐, 묻는다면 저는 자기감정에 솔직한 부모라고 답하겠어요. 그럴싸하게 포장하는 사람은 싫어요. 그래서 이번 부모 면접을 더더욱 원했어요."

– 이희영의 소설『페인트』중에서

***

내가 원하는 이상적인 부모상이 아니라는 이유로 반항하는 자녀도 있을 것이다. 반대로 부모는 자녀를 보며 자신이 원하는 은근과 끈기, 도전성이 부족하다고 한탄하기도 한다. 하지만 슬프게도 부모와 자식으로의 만남에서 '선택권'은 없다. 운명처럼 만나 긴 세월 함께 살아가면서 서로를 이해한다. 그러면서 때론 상처를 입히고, 또 상처를 입기도 하지만 용서하는 법도 배우게 된다. 세상에 '완벽하게 딱 맞는 사람'이 존재할 수 없다는 걸 깨닫는 과정이다.

고레에다 히로카즈 감독의《파비안느에 관한 진실》을 보던 날, 문득 생각해봤다. 평범한 사람이지만 특별한 나의 엄마에 관해, 인생 회고록을 대필한다면 어떤 내용이 그려질까. 어린 딸에게 '술 고문'이란 기억을 남기던 그 밤, 포장마차를 이끌고 늦은 밤 옥탑방으로 숨어들었던 엄마의 밤을 이제라도 상상해보고 싶어진다. 한 번도 묻지 않았지만, 오늘 적어보자면 이런 것은 아니었을까?

술 취한 사람들을 떠나보내고 나도 취하고 싶다는 생각으로 흔들흔들 집으로 돌아왔다. 아이들이 방 하나에 줄을 맞춰 자는 모습을 보니 마음이 아파 견딜 수가 없다. 팔다 남은 소주 한 병을 가져와 김치에 마셨다. 소주는 지금, 이 시간 나를 위로해 줄 유일한 친구이고, 아픈 팔다리를 진정시킬 진통제니까.

술에 취해 나도 모르게 아이들을 깨웠다. 잠이 들면 도둑이 와도 일어나지 않을 남편은 내가 참던 울음소리를 한 번이라도 들었을까. 하지 말았어야 할 행동이라는 것을 안다. 그저 누군가는 알아줬으면 하는 마음에. 나는 또 소리 내 울고 말았다. 아이들에게 미안하다.

- 내가 써보는 내 엄마의 인생 회고록에서

엄마는 그날에 대해 우리에게 말하지 않았고 침묵했지만, 역시 마법은 필요 없었다. 우리는 줄곧 잘 지내왔다. 서로 그저 '알고 있기 때문'이다.

7.

자살, 산 자의 고독

사랑하던 사람이 스스로 떠났다

그 선택을 어떻게 받아들여야 할까

첫 번째 기억은 '흔적'에서였다. 교회 청소년부에서 나를 좋아해 주는 친구 곁에는 그 친구를 좋아하는 또 다른 아이가 있었는데, 그 아이는 항상 손목을 밴드로 감고 다녔다. 패션으로 손수건을 손목에 감을 수도 있으니까 - 그게 그 아이의 멋이라고 생각했다. 하지만 그리 오랜 시간이 지나지 않아 그 아이의 손목에 감춰진 붉은 빛이 '자살 흔적'이라는 것을 알게 되었다. 그때부터 흔적이 선명하게 보일수록 왠지 모르게 숙연해졌다.

나는 궁금하지 않았다. 아니, 궁금해선 안 될 것 같았고 아무것도 묻지 않았다.

***

두 번째 기억은 '도움 요청' 같은 거였다. 대학교 여름방학, 폭염이 이어지던 어느 날 전화를 받았다. 친구 언니였다. '내 동생에게, 가족들에게 미안하다고 전해줘'라는 지친 목소리였는데 그냥 알 수 있었다. 내가 뭔가를 해야 한다는 것을.

나는 택시를 타고 친구의 집으로 갔고, 손목에 피를

흘리고 있는 언니를 봤다. 그리고 골목을 빠져나와 아무 남자를 붙잡아 도움을 요청했고, 택시를 잡아타고 병원에 갔다.

그날 사람을 살렸다는 것에 의미를 두고 싶었지만, 친구 가족들은 냉담했다. 칭찬 같은 건 없었다. 고맙다는 말도 안 했다. 이유는 내가 입원 수속을 할 때 환자 상태에 대해 '자살 시도'라고 정직하게 말한 것이 화근이었다.

자살은 의료보험이 되지 않는다는 친구의 어색한 변명을 듣게 되었다. 뒷걸음질쳐 그곳을 빠져나왔고, 더디게 가는 하루를 조용히 보냈다.

***

그리고 되돌리기에는 너무 늦어버린 이야기들이다.

대학을 졸업하고 얼마 지나지 않았을 무렵이었을까. 어학연수를 갔던 친구가 갑자기 한국으로 돌아왔다. 그리고 돌아가지 않을 것이라고도 했다. 이유를 물었더니 울기 시작했다.

그 이유가 '동생이 모두를 두고 스스로 떠났기 때문'

이라고 했다. 우리 모두는 불안한 인생을 살고 있었다고 위로하고 싶었지만, 잘되지 않았다.

장례를 치르고 며칠 지난 뒤, 나는 용기내어 친구 부모님이 계시는 시골집을 찾아갔다. 친구를 핑계로 무작정 찾아가 점심을 얻어먹었다. 엄마가 쓰러질까 봐 며칠 와서 지낸다는 친구의 염려를 잘 알고 있었기에 그렇게라도 함께 밥을 먹었다. 내가 할 수 있는 위로의 전부였다.

내 마음을 알아준 친구는 고맙다고 했고, 난 하루를 더 자고 돌아왔다. 삶이 무엇인지도 다 알지 못했던 그때, 죽음이 남기는 강렬한 상실을 처음 경험했다.

***

가을이 시작되던 어느 날이었다. 큰엄마가 돌아가셨다는 이야기를 듣고 빈소가 있던 충남 당진으로 내려갔다. 원래 몸이 좋지 않으셨지만, 갑자기 돌아가신 게 이해되지 않아 엄마 곁으로 가서 조용히 물었다. 엄마는 손짓하며 나를 구석으로 데리고 갔다.

"큰엄마 아파서 돌아가신 거 아니다."

"그럼, 왜? 사고였어?"

"아니, 농약 드셨어."

"…!"

엄마는 동요되지 않고 말했다. 그렇게 슬픈 얼굴도 아니었다. 그저 불안한 표정이었다.

"큰아버지 먼저 가시고 힘들어하셨잖아. 이번이 처음이 아니었다네. 지난번에도 자살하려고 했는데, 그땐 빨리 병원에 모시고 가서 괜찮으셨대."

"아! 알았어. 알고 있을게."

우리 가족엔 복잡한 이야기가 있다. 남편을 먼저 떠나보내고 고통에 살았다는 큰엄마의 고통은 어쩌면 보편적인 우리 인생의 슬픔이겠지만, 그것이 전부가 아니었다. 큰아버지의 죽음에는 비극이 하나 있었는데 – 죽음의 이유가 가족 때문이라는 이유였다.

가로등도 별로 없던 어두운 시골 마을에, 그것도 밤 9시에 돈을 빌려 달라고 전화 걸었던 남자. 내일 빌려주겠다는 어른의 말에도 지금 당장 급하다고 읍내 농협까지 가도록 등을 떠밀었던 남자. 그 남자는 다름 아닌 큰아버지의 조카였다.

집안 장손이었던 조카의 부탁으로 늦은 밤 오토바이를 몰았던 큰아버지는 사고가 났고, 그렇게 허망하게 세상을 떠났다. 그리고 몇 년 뒤, 큰엄마는 스스로 목숨을 끊었다. 형제, 자매가 모두 모인 장례식장은 알 수 없는 긴장감에 갇혀 있었다.

그제야 상주들 얼굴이 다시 보였다. 사촌 오빠와 사촌 언니. 남은 가족들의 표정을 살폈다. 원망과 슬픔이 교차한, 절망에 점령당한 얼굴이었다.

자식들이 서울로 모시고 왔지만, 되돌이표처럼 제자리로 돌아가려 했다던 큰엄마. 나는 상상도 하지 못할 외로움과 싸웠을 수많은 날을 상상하니 가슴이 저렸다. 눈치도 채지 못하고 살았던 내 평온한 생활들이 미안하고 죄스러웠다. 그리고 나보다 더 강렬한 후회 속에서 눈물을 참고 있을 오빠들과 언니가 보였다.

사랑하는 남편을 먼저 떠나보내고 비통한 상실에 빠져 살던 큰 엄마는 그렇게 절망에 빠져 스스로 목숨을 끊었다. 그 비통함을 자식들에게 똑같이 남기고 떠났지만, 자식들은 엄마를 원망할 수도 없다.

"언니. 미안해. 내가 너무 몰랐네요."

엄마를 잃었지만 죽음을 마냥 슬퍼할 수도, 또 엄마를 원망할 수도 없는 그 심정이 어떨까. 큰엄마의 제일 맏딸인 언니 옆에 가서 서툰 위로를 건넸을 때 언니는 웃으며 대답해줬다.

"뭘 미안하냐. 우리 사는 게 다 똑같지. 괜찮아. 뭐 좀 더 먹어."

손님들이 거의 떠나고, 발인을 몇 시간 앞둔 새벽에 언니가 나를 불렀다. 편하게 쉴 장소를 찾던 우리는 주차장으로 가서 내 차에 함께 누웠다. 의자를 뒤로 젖히고 오지 않는 잠을 청하는 척했다.

"내가 여동생이 없잖니. 편하게 말하고 싶어도 그게 안 되네. 아들들은 성질만 앞서고."

"처음 시도했던 것도 아니라면서. 나는 그것도 몰랐네, 언니. 미안해."

"아버지가 가신 건 가신 건데. 자꾸 죽겠다고 하고, 힘들다고 하고, 원망만 하시니까 답이 없지. 우리가 모시려고 해도 시골집 떠나 못 살겠다고 하셨으니까."

"그래서 오빠네 집에 계시다가 다시 내려가신 거야?"

"그래. 고집부려 내려가더니 저렇게…."

깊은 상실감에 빠져 있을 언니에게 나는 어떤 위로를 할 수 있을까. 서툴러 미안하고 초라해서 송구한 내 위로는 이런 것이었다.

"잘못한 거 없어. 언니. 그냥 편하게 보내 드려. 큰아버지 곁으로 가고 싶으셔서 그런 거잖아."

하지만, 발인을 끝내고 서해안 고속도로를 달려 집으로 돌아오는 길에 생각이 엉키기 시작했다. 사랑하는 사람의 '선택적 죽음'을 잘 받아들이는 방법이, 과연 있기는 한 걸까. 삶은 계속되지만 정작 왜 우리가 살아야 하는지 그 이유를 알 수 없을 때, 우리는 무엇을 할 수 있을까.

***

생각조차 못 한 상실이 일어났다. 그것은 마음에 깊은 상처를 입혀 이성을 마비시키고 극심한 고통을 맛보게 한다. 누구든 살아가면서 많은 상실을 경험하지만 사랑한 사람의 죽음으로 인한 공허감과 깊은 슬픔은 그 어떤 것과도 비교될 수 없다. 당신의 세계는 그대로 멈춰버린다.

- 엘리자베스 퀴블러 로스의 『상실 수업』 중에서

여기 한 여자가 있다. 세쌍둥이의 첫째로 태어난 그녀는 똑같이 생긴, 하지만 전혀 다른 존재인 두 자매를 바라보며 자신의 정체성을 고민했다. 예를 들면 이런 것이다. '우리는 모두 똑같이 생겼으나, 전혀 다른 사람들이다. 그렇다면 진정한 나는 누구이며 어디서 와서 어디로 가는 것일까?'

그녀의 사유는 거기서 멈추지 않았다. 아버지 친구가 나무에서 떨어져 죽은 것을 목격한 뒤 '삶과 죽음에 대한 고민'을 학문적으로 이해하고 싶어 대학에서 정신 의학을 전공하게 됐다고 한다. 그런데 자기가 알게 된 의사들이 환자를 대할 때 인격이 아닌 '심박 수'나 '폐 기능' 같은 신체 기능으로만 평가하는 것을 보고 오히려 반감을 갖게 됐다고 한다.

그런 경험은 그녀를 다른 세계로 이끌었다. '의미 있는 죽음'이라는 조금 낯선 운동을 시작하게 됐다는 그녀는 세계 최초로 호스피스 운동을 펼쳤던 엘리자베스 퀴블러 로스다.

엘리자베스는 죽음을 앞둔 환자들을 대상으로 정신과 상담 진료를 하면서 '어떻게 죽느냐'에 대한 연구를 시작했고, 그 경험을 토대로 죽음이 주는 상실에 대한 메시지를 전했다.

> 오직 하나의 상실을 두고 슬퍼할 수 없다. 사랑한 이를 잃었지만, 그 슬픔은 과거와 현재에 일어났던 모든 상실을 생각나게 한다. 과거의 상실들은 전에 일어났던 누군가의 죽음이다. 현재 당면한 상실들은 가장 최근의 상실이 남기고 간 공허함을 채우기 위해 삶 속에서 순응해야 할 모든 변화를 말한다.
>
> – 엘리자베스 퀴블러 로스의『상실 수업』중에서

***

여기 또 한 여자가 있다.

방송에서 만난 열일곱 살의 춘미는 탈북자의 딸이었다. 춘미 엄마는 북한에서 탈출하기 위해 압록강을 건넜지만, 중국 국경에서 기다리던 인신매매단에 붙잡혀 비루한 삶을 살았다고 했다. 그렇게 팔려 간 곳에서 원치 않는 임신을 하고 출산까지 하게 된 것이 춘미였다.

보따리 장사를 하며 생계를 유지하던 엄마가 견디지 못하고 한국으로 다시 도망쳤을 때 - "엄마가 돈 모아서 비행기 표 끊어주면 그때 한국으로 와!"라는 말을 춘미는 믿었다. 하지만 그 대가는 외로운 삶이었다.

몇 년 뒤 춘미는 그토록 그리던 엄마가 사는 한국에 오게 됐지만, 엄마와 함께 살 수 있는 형편은 되지 못했다. 탈북자를 위한 쉼터 같은 곳에서 다시 외로움에 갇힌 어느 날 밤, 춘미는 엄마 집을 찾아가 투신자살을 시도했다. 다행하게도 이를 알아챈 엄마에 의해 병원으로 빨리 옮겨졌고, 극적으로 생명을 지킬 수 있었다.

의사들은 살아난 것만도 기적이니 전신 마비가 되어도 현실을 받아들여야 한다고 말했다. 하지만 춘미에겐 '더 큰 기적'이 찾아왔다. 마치 영화의 한 장면처럼 - 꿈속에서 금빛 왕관을 쓴 남자가 '내가 너를 위해 기도한다'라는 말을 전해주었을 때 - 춘미는 자신의 인생에도 기적이 찾아오고 있다는 걸 알게 됐다고 했다. 다음 날, 춘미의 발가락이 움직이기 시작했고 얼마 지나지 않아 일어나 걸을 수 있었다.

춘미가 퇴원하던 날 그녀의 삶을 취재하던 나는, 춘미

가 살던 쉼터에서 그림 하나를 보게 되었다. 좁은 2층 침대 춘미의 잠자리 머리맡에서였다. 춘미의 낙서 같은 그림들 중에 시선을 잡아끄는 건 귀가 잘린 고흐의 자화상을 모사한 그림이었다.

스스로 귀를 잘라낸 고흐의 자화상은 춘미의 손에 더 슬픈 얼굴로 그려져 있었다. 어느 날 밤, 이것을 그려 자기 머리맡에 붙였을 열일곱 어린 춘미의 슬픔을 마주하는 것 같아 눈물이 났다.

방송에 출연한 뒤 춘미는 미술 공부를 하러 미국에도 가게 됐다. 방송이 나가고, 다큐멘터리가 휴스턴 국제영화제에서 백금 상을 받으면서 돕겠다는 사람들도 생겼다. 누군가 이것이 두 번째 기적이라고 말하기도 했지만, 그날의 기억이 여전히 그녀의 심장을 지배하고 있는지 알지 못하는 나로서는 조심스럽다. 하지만 가끔은 간절히 궁금해진다. 기적이 계속해서 그녀를 따라다니고 있는지.

문자로 안부 정도만 물을 뿐, 서로의 삶을 잘 알지 못하는 우리이기에 그저, 춘미가 그날의 기적을 인생의 기적으로 만들어 가길 소망할 뿐이다.

***

아무도 그렇게 떠나지 않기를 바란다. 사랑하는 사람들이 스스로 선택한 죽음으로 이별하지 않기를 원한다. 그렇게 남은 자의 고독은 치유되기 어려우니, 힘들어도 함께 가기를 권한다. 상실의 시대, 절망하는 서로의 손을 매일 붙잡아 주길, 간절히 소망한다.

8.

어떤 위로라도 해달라고 내 팔을 두 번 친다면

위로해달라고 내게 말한다면

안아줄 수도 있어

"작가님이 한 말 때문에, K가 속상하대요."

허물없이 지내던 친한 PD가 던진 말이었다. 나는 K와 친하지도 않고, 우리가 특별한 대화를 나눈 적도 없는데. 왜 내가 그를 속상하게 했을까. 이 상황을 알고 있다는 작가에게 은밀하게 전화를 걸어 물었다. 도대체 무슨 일이냐고.

"그게 언니. 지난번 언니랑 프로그램 할 때 언니가 K한테 뭐라고 했다고 하던데."

"내가…? 뭐라고 했는데…?"

"그건 몰라. 언니가…, 뭐라고 했대."

K는 그리 친하지 않은 동료 PD인데, 정확하게 말하면 나보다 후배다. 우리는 다섯 달에 한 번 정도 프로그램을 했기 때문에 긴 시간이 지났어도 몇 번 만나지는 못했다. 몇 번의 만남은 이런 것이었다. - 회의, 촬영, 회의, 편집, 그리고 회의.

그렇지만 아무 일도 없던 것은 아니었다. 나는 분명히 그에게 '무슨 말'을 했다. 다시 생각해보면 '많은 말'을 했을 것이다. 연출자와 작가의 관계가 그렇듯이 - 유쾌하지 않은 목소리였을 수도 있다.

자신의 재능이 무엇인지 몰라 방황하던 20대의 K는 언론사 시험을 보지 않고도 방송 PD가 될 수 있다는 사실을 알고 짧은 이력서 한 장과 잘하겠다는 의지를 전하는 간단한 면접을 보고 프로덕션에 출근할 수 있었다.

방송을 재밌게 보며 자랐고, 배우면 된다고 생각했지만 어떻게 해야 재밌는 방송을 만드는지 모르던 남자는 조금씩 눈치를 보기 시작했다. 정신을 차리고 보니 자신을 조연출로 데려가려는 선배가 많지 않다는 것을 알고 첫 번째 좌절을 했다. 그렇게 10년이 지났고 30대가 되었을 때 우리는 프로그램에서 만났다. 첫 만남에 대한 기억은 나지 않는다. 두 번 정도 함께 했다가 다시 헤어졌고, 또 두 번 정도 같이 했을 뿐이었다. 문제는 몇 번 안 되는 작업 중에 마지막 방송을 제작할 때였다.

만약 누가 나를 다른 사람과 비교해 이야기한다면 결코, 유쾌하지 않을 것이라는 걸 안다. 솔직히 말해 유쾌하지 않은 정도가 아니다. 머리카락이 쭈뼛이 올라오면서 혈관에 혈액이 빠르게 요동칠 것이다. 얼굴 근육은 제멋대로 움직이고, 평화를 찾기 위해 큰 숨을 내쉬며 호흡을 가다듬을 것이다. 그걸 알면서도 나는 K를 다른 PD와 비교하며 말했다.

“PD님, 촬영을 왜 이렇게 많이 했어요. 다른 PD들보다 두 배는 많아요.”

“보기 힘드셨죠. 미안해요.”

그는 미안하다고 말하고 있었지만 나는 잔소리를 덧붙였다.

“PD님, 고민하지 말고 붙여요. 시간이 없어요.”

“죄송해요. 제가 고민을 좀 오래 하는 편이어서요.”

편집하는 것을 ‘그림 붙인다’고 표현하는 우리는 언제나 이런 대화를 한다. 작가들은 ‘빨리 그림 붙이라’고 하고 PD는 고민할 시간이 필요하니 ‘기다려 달라’고 하고. 이건 우리 세계의 일상적인 대화였다.

하지만 방송이 일주일도 안 남은 상태에서 K가 방송 분량의 절반밖에 편집하지 못했다는 걸 알았을 때, 방송 사고가 나지 않으려면 후반 작업을 위해 이틀 밤을 새워야 한다는 걸 알았을 때, 밤새는 작업을 어린 후배 작가들도 해야 한다는 생각에 이르렀을 때 - 나는 화가 났고, 이를 감추지 않았다.

“그러니까, 내가 빨리하랬잖아요.”

"죄송합니다."

방송이 끝나고 K는 고생시켜 미안하다고 했고, 나는 그에게 밥을 사라고 했다. 하지만 바쁜 일정에 우리는 만나지 못했고 또 시간이 지났다. 그런데 왜, 이제? 무엇이?

다른 작가가 술자리에서 나를 호출했다. K와 풀어보라는 뜻이었다. 물론 나는 '풀어내야 할 만한 무엇'이 남아 있다고 생각하지 않았지만, 바쁘게 진행되던 편집을 중단하고 이자카야로 갔다.

어색한 건배를 한 뒤에 K가 말했다.

"작가님 미안해요. 다른 사람들이 헛소리해서. 그냥 술 먹고 주정한 건데."

나는 손을 크게 내 저으며 말했다.

"아니에요. 그땐 나도 말이 너무 많았던 거 같아서. 미안해요."

이번엔 그가 손을 더 크게 내저으며 말했다.

"아니에요. 제가 그때 촬영도 많이 하고, 편집도 늦고 해서 죄송해요. 맛있는 거 사드려야 하는데."

우리가 서로 손을 내저으며 어색하게 사과하는 동안

K는 조금씩 술에 취해갔다. 나는 다른 작가가 화장실 간 틈을 타서 고개 숙여 물었다.

"내가 했던 말 때문에 속상했죠?"

"……."

내가 물어도 말하지 않을 것이라고 기대했지만 K는 술기운에 의지해 말했다.

"저보다 선배님이시기도 하고…, 저는 작가님 이야기가 90퍼센트 다 맞다고 생각해요. 아니 99퍼센트 맞을 수도 있어요. 그런데 딱 한 가지…."

"한 가지 뭐요…?"

"한 가지…."

정적이 흘렀고 우리가 앉아 있는 합정동 이자카야 2층 창문으로 시원한 여름 바람이 새어들었다.

"그게 뭐냐면요. 작가님이…, 내가 촬영 많이 한다고 하면서…, 그러면서 했던 말이…."

"내가 또 뭐라고 했어요?"

또다시 정적이 흐르고 난 뒤, 그가 말했다.

"그게요…, 내가 촬영해서 프리뷰 했던, A4 종이가 아깝다고 했어요."

"???"

내 얼굴이 빨갛게 달아올랐다. 나는 나도 모르게 두 손을 모아 빌었다.

"어떤 작가가 그랬어요? 내가 그랬다구요? 아이 정말, 정말. 나빴네요. 정말 막말했네요."

나의 반응에 K는 흐릿한 미소를 지었다가 이내 슬퍼졌다. 나는 그의 반응을 살폈다. 미안해 어쩔 줄 몰라 하는 내 앞에서 천천히 고개 숙이더니, 잠시 후 굵은 그의 뿔테 안경 아래로 눈물이 떨어졌다.

한 남자가 내 앞에서 눈물을 흘리고 있었다. 농담으로 가장했던, 가시 돋친 말 한마디 때문이었다. 나는 두 손을 모으고 사죄하는 심정으로 고쳐 앉았다. 내 앞에서 눈물을 감추지 못하는 누군가의 통증을 함께 느끼고 있었다.

할 말이 생각나지 않았다. 눈물을 닦아내는 술 취한 그의 진심을 조용히 보고 있었다. 그리고 어쩌면 그 언젠가 하지 말았어야 할, 농담 같지도 않은 농담으로 그의 머리를 후려쳤던 나를 보았다. 조금 길게 그가 울고 났을 때, 나는 나도 모르게 말했다.

"미안해, PD님. 내가 안아줄까요?"

***

외로운 남자를 떠올리면 생각나는 사람이 있다. 니콜 크라우스가 쓴 장편 소설 『사랑의 역사』(문학동네, 2020)의 주인공 '레오폴드 거스키'다.

레오는 1920년 유대인으로 태어나 폴란드에서 자랐다. 유대인 학살이 시작된 세계 2차 대전 시기, 레오는 사랑하던 소녀와 헤어지게 된다. 헤어질 때 소녀가 자신의 아이를 임신했다는 걸 몰랐던 소년은 몇 년이 지나 그녀가 다른 사람의 아내가 되었다는 것을 알게 된다.

친아들이 다른 남자의 성을 갖게 되었다는 것을 알게 된 날, 레오는 결심한다. 살아있는 한, 다른 여자를 사랑하지 않겠노라고. 그리고 어쩌다 보니 정말 평생 외롭게 늙어갔다. 열쇠 수리공으로 살며 지독한 외로움과 싸우던 레오는 죽음에 사로잡혀 환상 속에 살았다.

나의 살아있는 모습을 마지막으로 볼 사람은 누굴까, 궁금하다. 굳이 내기를 하자면 중국집 배달 소년에게 걸겠다. 나는 남들에게 나를 보이려고 애쓴다. 밖에 나갔다가

목이 마르지도 않은데 주스를 살 때가 있다. 가게에 손님이 너무 많으면 잔돈을 다 떨어뜨리기도 한다.

몇 달 전 신문에서 광고를 하나 봤다. "데생 수업에 누드모델 구함. 시간당 15달러." 너무 좋은 내용이었다. 진짜가 싶었다.

나는 앞줄에 앉았다. 목이 뻣뻣해지고 발기되었다가 오그라들 수 있다면 그건 좋은 자리다. 나는 추잡한 남자가 아니다. 그저 실물 크기가 되고 싶은 사람이었다.

– 니콜 크라우스의 소설『사랑의 역사』중에서

살아있는 자신의 모습을 마지막으로 볼 사람이 누구일까 고민하면서도, 누군가 나를 알아봐 주길 바라며 동전을 떨어뜨리던 그였다. 누드모델이 되어 시선을 느끼고 싶다는 욕망은 '실물 크기로 살아가고 싶은' 그의 간절한 생존 의지였을 것이다.

그런 레오가 감정이 주는 고통을 육체에 분산시킨 방법은 그만의 인체 분해도 같은 것이었다.

매일의 작은 모욕감은 주로 간으로 받아들인다. 다른 상처는 또 다른 곳으로 받아들인다. 췌장은 사라진 것에 대한 충격을 받아들이려고 남겨둔 부분이다. 그런 충격이 너무 많고 췌장이 너무 작기는 하지만, 그러나 췌장이 얼마나 많이 받아들일 수 있는지 안다면 당신도 놀랄 것이다.

(중략)

스스로에 대한 실망은 오른쪽 신장이 맡는다. 다른 사람들이 나에게 느끼는 실망은 왼쪽 신장이다. 개인적인 실패는 창자의 몫이다. 굳이 의학적으로 정확한 의도는 없다. 그렇게 잘 생각해둔 것도 아니다.

– 니콜 크라우스의 소설『사랑의 역사』중에서

언제, 어디서, 누구 앞에서 죽을 것인지 – 생의 마지막을 상상하며 기다리던 레오에겐 잊을 수 없는 이름은 바로 첫사랑 소녀 '알마'였다. 청년 시절 알마를 주인공으로 썼던 '사랑의 역사'라는 소설이 상상도 못 할 방식으로 세상에 나와, 이해하기 힘든 방식으로 다시 그 앞에 도착하게 된다.

그러다 정말 생의 끝에, 긴 세월이라고밖에 표현할 수 없는 삶의 터널 끝에서 레오는 소녀 알마를 다시 만나는 환상에 빠진다. 이름 없이 죽어가던 노인의 인생을 이미 알고 있었다는 어린 소녀 알마.

아이가 "당신이 존재한다는 사실을 모른다는 아들"이라고 말했을 때 그 아이를 두 번 쳤다. 그리고 두 번 더. 그 아이가 내 손을 잡았다. 나는 다른 손으로 그 아이를 두 번 쳤다. 그 아이가 내 손가락들을 움켜쥐었다. 나는 그 아이를 두 번 쳤다. 그 아이가 한 팔로 나를 감쌌다. 나는 그 아이를 두 번 쳤다. 그 아이가 두 팔로 나를 안았다. 나는 더 이상 치지 않았다.

"알마." 내가 말했다.

소녀가 말했다. "네."

"알마." 내가 다시 쳤다.

소녀가 말했다. "네."

"알마." 내가 말했다.

소녀가 나를 두 번 쳤다.

– 니콜 크라우스의 소설『사랑의 역사』중에서

"때론 아무것도 아닌 것에 대해 생각한다. 때로 내 인생에 대해 생각한다.

적어도 나는 삶을 살았다. 어떤 종류의 삶이었을까?

하나의 삶을, 살았다. 쉽지 않았다.

그런데도, 참을 수 없는 것은 거의 없다는 걸 깨달았다."

***

어떤 위로라도 해달라고 누군가 내 팔을 두 번 친다면, 나는 손을 내밀 것이다. 나의 손은 아무 거부 반응 없이 그 손을 잡을 것이고 '함께'라는 단어를 체온으로 대신할 것이다. 이것이 위로의 출발이다.

그래도 내 팔을 두 번 친다면, 다음엔 손가락 깍지를 끼고, 힘껏 꽉 잡을 것이다. 나눠줄 것은 '힘내'라는 소박한 응원뿐이라는 걸 알아주길 바라면서.

그런데 또다시 내 팔을 두 번 친다면. 나는 그를 안아줄 것이다. 나약하기 짝이 없는 나의 포옹으로 경건한 기도를 대신할 것이다.

9.

슈퍼맨 아빠가 없다면

우리 시대의 아버지는
왜 한 걸음 뒤에 있을까

전화가 왔다. 운전하고 있을 때였다. 왜 그런 기분이 들었는지 모르겠지만 벨 소리가 화가 난 것처럼 마구 쏟아졌다. 이유는 모르지만 그냥 느꼈다. '불길'했다. 왜 우리는 아무 근거도 없이 찾아오는 '예감'이라는 걸 갖고 있을까.

발신자는 언니였다.

"너 어디냐?"

"나 운전해. 바빠. 왜?"

"아빠 입원하셨대. 떨어져서 다리를 다쳤다고…."

"왜? 어디를? 얼마나?"

"많이 다친 건 아니라고 하는데, 나 지금 병원 가고 있어."

"……."

아빠가 다쳤다는데 호들갑도 떨지 않을 만큼, 나는 아빠와 안 친하다. 엄마가 다쳤다고 한다면 길가에 차를 세우고 눈물을 흘렸을지도 모른다. 그런데 마치 남의 집에 일어난 일인 것처럼 나는 무덤덤하게 운전을 계속했다. 물론, 목적지를 병원으로 옮겼지만.

어떤 사건도 없었지만, 아무 일도 없었다는 게 문제일

까. 우리, 나와 아빠는 단 한 번도 간격을 좁힌 적 없이 멀리 있었다. 어쩌면 이런 식의 설명을 할 수는 있다. 그가 어떤 사람인지, 깊은 대화를 나눠본 적이 없어 잘 모른다는 정도. 무심하고 무뚝뚝한 성격이어서 그래. 이렇게 얼버무릴 정도.

아빠에 대한 기억을 떠올리자면 꽤 오래전 과거로 거슬러 간다. 이 기억이 왜 남아 있는지 모르겠지만 아빠가 출근하는 시간과 내가 학교에 가는 시간이 딱 맞았던 어느 날, 난 아빠와 같이 우산을 쓰고 걸었다.

우리는 앞만 보고 걸었고 아무 대화도 나누지 않았다. 심각하거나 어두운 분위기가 아니었고 심지어 평화로운 등굣길이었지만, 그날 한 가지 생각이 떠올랐다. '아빠는 나에게 궁금한 게 하나도 없는 건 아닐까?'

그 이후 파편의 기억은 이런 것이다.

"오셨어요?" "네, 네?"

기억이라고 하기에도 어색한 짧은 문장들. 얼굴을 보지 않고 하는 인사. 대답이 정해진 것 같은 질문. 삶의 곳곳에 스쳐 지나가는 아빠의 실루엣을 더듬어 보면 특별할 것은 없다. 반말로 "아빠!"라고 불러본 적도 많지 않으니 이쯤에서 문장을 고쳐야 한다. 나는 '아버지'와 친해 본 적이 없다.

***

정형외과 병실에 아버지가 누워있었다. 깁스했지만 예상보다 편안해 보여서 안심이 됐다. 빠르게 고개를 돌리며 엄마를 찾았는데, 엄마가 보이지 않았다. "괜찮으세요?"라는 질문과 함께 급히 물었다. "엄마는?" 그러자 아버지는 반가운 얼굴로 대답했다.

"엄마 집에 잠깐 갔어. 짐이랑 챙겨 온다고."

"?!"

나는 정말로, 진심으로 당황했다. '…엄마가 없다니…, 이제 어떻게 해야 하지?'

병실에 혼자 있던 아버지와 정다운 이야기를 나눌 자신이 없던 나는, 주변을 두리번거리며 잠깐 고민했다. 그렇다고 지금 나갈 수도 없지 않은가. 포기하고 자리에 앉으며 물었다.

"좀 괜찮으세요?"

“응. 괜찮아.”

“안 아프세요? 아프겠다.”

이런 식의, 비슷한 질문을 몇 번이나 한 뒤에, 나는 핸드폰을 뚫어져라 들여다봤다.

***

나에게 아버지는, 어쩌다 늦게까지 잠들지 못했던 밤에 만나는 사람이었고 쉬는 날이면 소파 중앙을 차지하고 앉아 심부름을 시키던 사람이었다. 그 언젠가, 아버지가 나에게 어떤 질문도 하지 않았던 그 등굣길에서처럼, 나는 아버지에게 어떤 질문도 하지 않고 성장했다. 우리는 가족이었지만 서로를 잘 알지 못하고 긴 세월을 지냈다.

그래서였을까. 아버지를 슈퍼맨으로 묘사하는 이야기를 보면 거부감이 들었다. 마치 동화책 주인공처럼 부성애를 강조하는 예능 방송프로그램도 보기 싫었다. 그렇게 어쩌다 아버지의 이야기를 담은 영화를 볼 때면 그 다정함이 연출 같았다.

***

아버지가 정말 슈퍼맨으로 나오는 영화 중 베스트는 로베르토 베니니가 감독과 주연을 모두 맡았던 《인생은 아름다워》(1997)다.

전쟁 속에서 아들을 지키는 아버지 '귀도(로베르토 베니니)'는 낙천적이면서 유머 감각을 가진 사람이었다. 도시 여자를 자신의 여자로 만들 수 있을 만큼 '힘든 현실도 만화처럼 만드는' 남자였다.

이탈리안계 유대인이었던 귀도는 제2차 세계 대전을 맞으며 위기를 맞이했다. 인생에 찾아오는 어려움 같은 게 아니었다. 죽음을 직면한 진짜 위기였다. 아내와 떨어져, 어린 아들을 숨기면서 수용소 생활을 하던 아버지는 고통스러운 노동을 감수하며 전쟁이 끝나기를 기다렸다. 그리고 아들이 두려움에 떨 때면 '이 모든 것이 게임'이라며 아들을 위로했다.

멀리서 보면 비극으로 가득한 인생이었지만, 코미디 같은 희극으로 웃어주는 아버지는 다른 어떤 말로도 형용할 수 없을 정도로 아름답게 현실을 견뎠다.

여긴 어디지 조슈아, 길을 잘못 들었나 봐. 예쁜 꿈을 꾸렴, 조슈아. 이건 다 꿈일지도 몰라. 다 꿈일 거야, 조슈아. 아침엔 엄마가 우릴 깨우고, 우유 두 잔과 커피 쿠키를 갖다줄 거야. 우선 실컷 먹을 거야. 그런 다음 두세 번 사랑을 나눌 거야. 그럴 힘이 있다면.

– 영화 《인생은 아름다워》 중에서

***

누구에게나 아버지가 있다. 아버지는 존경의 대상이었다가 애증의 관계가 되기도 하고 사랑의 대상이었다가 원망의 존재가 되기도 한다. 그렇게 아버지는 영화와 소설은 물론 수많은 스토리의 주인공이 되어 우리의 마음을 울린다.

노래도 마찬가지다. 아버지를 주제로 만들어진 노래도 꽤 많은데 나의 기억 속에 깊은 인상을 남긴 노래는 한 곡이다. 평생 아버지를 한 번도 보지 못했던 딸이 아버지를 사랑한다고 고백하는 노래, 그 주인공은 가수 인순이 씨다. 그녀는 한국인 어머니와 주한 미군 흑인 아버

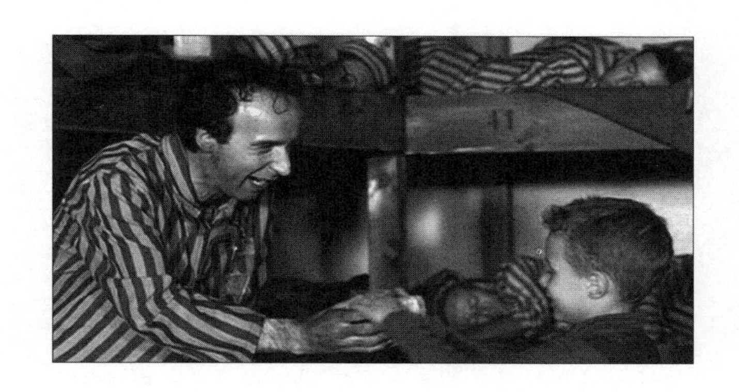

영화《인생은 아름다워》의 한 장면

죽음의 수용소에서도 삶을 꿈꾸는 이유
오늘이 비참하지 않다고 가르쳐주는
아버지의 얼굴 때문이었다.

지 사이에서 태어나 아버지에게 버림받았고, 한국에서는 '혼혈'이라는 차별을 견뎌야 했다.

그런 그녀에게 아버지에 대해 노래하라고 하는 것이 과연 가능한 일이었을까. 노래 가사가 진짜 그녀의 마음이었을까. 궁금했었다.

한 걸음도 다가설 수 없었던 내 마음을 알아주기를
얼마나 바라고 바라 왔는지 눈물이 말해준다.
점점 멀어져 가 버린 쓸쓸했던 뒷모습에 내 가슴이 다시 아파온다.
서로 사랑을 하고 서로 미워도 하고 누구보다 아껴주던 그대가 보고 싶다.
가까이에 있어도 다가서지 못했던 그래 내가 미워했었다.
제발 내 얘길 들어주세요. 시간이 필요해요.
서로 사랑을 하고 서로 미워도 하고 누구보다 아껴주었던 그대가 보고 싶다.
가슴속 깊은 곳에 담아두기만 했던 그래 내가 사랑했었다.
긴 시간이 지나도 말하지 못했었던 그래 내가 사랑했었다.

- 인순이의 노래 〈아버지〉 중에서

가수 인순이 씨는 이 노래를 하고 싶지 않아 도망을 다녔다고 한다. 노래 부를 때 어떤 얼굴을 떠올려야 할지 모르겠다는 게 그 이유였다. 결국 그녀를 위해 노래 가사에서 '아버지'라는 단어를 빼는 것으로 결정되었다고 한다.

노래가 흥행하면서 사람들은 '얼굴 모르는' 아버지에 대한 그녀의 생각을 물었다. 어쩌면 무례하기도 한 질문에 그녀는 이런 대답을 해주었다.

> "나는 아버지에 대한 기억이 없어요. 그런데도 이제는 사랑합니다. 나한테 이 세상을 구경할 기회를 줬기 때문에, 감사한 거죠."
>
> – 인순이 씨의 인터뷰 중에서

슈퍼맨 같은 아버지는 그녀에게 없었다. 하지만 그녀는 당당하게 말해주었다. 보이지 않던 얼굴을 상상하며 노래를 시작했지만 결국 노래 안에서 진심을 만나게 되었노라고.

***

시간이 지났고 나의 아버지는 노인이 되었다. 세월은 내 마음속에 날 선 것들을 뭉뚝하게 만들었다. 그래서일까. 아버지로 서툴게 살았던 '한 남자'를 가끔 멍하니 쳐다볼 때가 있다. 얼마 전 아버지가 응급실에서 심장 질환을 진단받았을 때 쓱, 반말을 섞어 말했다.

"술은 이제 못 마시겠네. 들었죠? 이제 되는 것보다 안 되는 게 더 많아."

침대가 다섯 개나 있는 좁은 병실에서, 늙어버린 아버지는 소년처럼 나를 바라보고 있었다. 그 밤, 나는 진짜 보호자가 되었다. 그리고 왜일까. 아버지와 나, 우리의 침묵은 가볍고 투명했다.

10.

죽음을 막아내려는 너에게

우리는 평생을

죽음을 막는 데 소비하죠

원래는 오빠의 친구였지만, 언젠가부터 내 친구가 된 오빠 친구. 고등학교 시절 교복을 입은 채로 처음 인사했던 그는 긴 세월 동안 언제나 나에게 먼저 인사했다.

내가 병원에 입원하면 찾아와 친오빠 흉내도 냈고, 쓸데없는 말장난을 섞어 안부를 묻기도 했다. 늘 먼저 전화했고, 먼저 안부를 물어줬고, 밥을 사주고, 차를 사주던 사람이었다. 친구였다고 했지만 언제나 손해 보는 건 그였다.

그의 전화가 온 것은 늦은 오후였다.

"오빠 안녕? 잘 지내요?"

늘 그렇듯이 짜인 듯이 평범한 나의 인사. 그런데 대답이 달랐다.

"오빠, 잘 못 지낸다. 너 어디니?"

"왜 못 지내? 난 똑같지. 오빤 어딘데."

"오빤 병원이지."

병원에서 일하던 사람이니까 병원에 있는 건 당연하다고 생각했을 때, 그가 말했다.

"오빠, 오늘 입원했다. 모레 수술해. 너 보고 싶어서 했어."

"왜? 어디 아파?"

늘 농담 섞인 인사만 하던 오빠가 무거운 이야기를 꺼내고 있었다. 난 걸음을 멈추고 길거리 어딘가에 서버렸다.

"말해봐요. 어디 아픈 건데?"

"오빠, 간암이란다. 벌써 말기야. 간 이식 수술하려고 입원했어."

열다섯에 수술을 하고 고등학생 시절 한 달에 한 번 병원을 찾아가던 나에게 그는 정말 든든한 위로였다. 교복을 입고 책가방을 메고 병원에 가야 했던 시절에 나는 그가 안내하는 대학 병원 어딘 가에 있던 빈방에서 잠을 자기도 했다. 서랍에서 꺼내 주는 빵을 먹었고, 뛰어다니며 사주던 아이스크림을 입에 물고는 그것을 당연하게 여겼다. 그는 주는 사람이었고 나는 받는 사람이었지만, 왜 미안하지 않았을까.

"나 아이스크림 먹고 싶으니까 그거 사 와. 아니다. 이따가 오기로 한 친구한테 사 오라 하면 되니까 넌 그냥 와."

먹고 싶은 음식을 말해보라는 나에게 그는 또 '빈손'을 주문했다. 병실에 들어가니 오빠 친구라는 분이 가져온 카카오 프렌즈 캐릭터가 박힌 네모 아이스크림이 잔뜩 쌓여 있었다.

"이걸 누가 다 먹어?"

"이거? 오빠가 다 먹을 거야. 걱정 마라."

처음 보는 그의 친구와 어색한 인사를 나누고 아이스크림을 함께 먹었다. 수술 잘 받으라는 말을 남기고 친구가 떠난 뒤, 침대에 붙은 낮은 등을 켰다.

"오늘 혼자 자도 돼?"

"그럼 당연하지. 언니는 앞으로 힘들 텐데, 수술 전엔 쉬어야지."

모든 계획이 끝난 것처럼 단단한 대답이었다. 그리고는 그가 B형 간염 보균자였던 엄마의 모태에서 이미 감염되었다는 이야기부터, 평생 자신을 관리하며 살았다는 숨은 역사를 정리해줬다. 허리가 아팠지만 암이 생겼을 거라고 생각도 못 했다는 이야기는 타인이 떨구는 말처럼 낯설었다.

"그런데, 오빠가 정말 고민이 있어."

"그게 뭔데?"

"간 이식. 해도 될까…?"

이제 스무 살이 된, 대학 1학년이 된 아들의 배를 열고 거기서 간을 꺼내야 한다는 비극. 건강한 아들이 아버지를 위해 고민도 하지 않고 간 이식을 결정했다지만, 그것을 거부하지 못했다는 나약함. 세상 누구보다 귀한 가족들에게 두 가지 고민을 한꺼번에 떠넘기게 됐다는 죄책감.

감정은 뒤엉켜 그를 흔들었고, 그는 울기 시작했다.

"……."

나의 어떤 위로도 힘이 없다는 것을 너무 잘 알고 있었다. 아무 말도 하지 못하고 함께 울다가 겨우 정신을 차렸다.

"오빠. 울지 마. 지금 이럴 때야? 가족 생각해서 건강해질 생각을 해야지. 요즘 의학 기술이 얼마나 좋은데 아들 걱정은 안 해도 된다니까. 오빠가 잘 알잖아."

"잘 아니까 하는 말이다. 후유증이 생길 수도 있어."

"아냐. 확률 적어. 그런 거 걱정하면 아들이 좋아하겠어요? 이제 그런 생각 하지 말고, 나아질 생각만 해요. 응?"

우리는 옛날이야기를 나누며 몇 시간을 함께 보냈다. 교복 입고 병원을 다니던 내가 안타까웠다는 옛 시절의 이야기는 그에게 어느 정도 위로가 됐을까. 서로 말하지 못해도 누구에게나 아프면서 살아가는 인생살이가 있다는 말은 약간의 용기를 남겼을까.

죽음이 임박한 환자를 만나고, 죽음과 싸우는 사람들과 같이 죽음을 막아내려 애쓰던 그는 자신이 평생 일한 병원에서 자신의 죽음을 막아 내기 위해 작은 침대에 누웠다.

***

죽음을 막아내려고 애쓰며 살던 사람이 또 있다. 죄를 짓고 죽음을 언도받은 범죄자와 사형수들의 죽음을 막기 위한 싸움을 하던 남자. 텍사스 오스틴 대학의 철학과 교수였고 텍사스 사형제도 폐지 운동을 하던 '데스 워치'의 회원이었던 사람. 그는 영화《데이비드 게일》(앨런 파커 감독, 2003)의 주인공이었던 '데이비드 게일(케빈 스페이시)'이다.

그런데 어느 날 그가 사형수가 됐다. 가장 가까운 동료였고 친구였던 '콘스탄틴'의 살해범으로 밝혀지면서다. 무죄를 주장했지만 통하지 않았고 텍사스의 법에 따라 사형이 결정되었다. 6년간의 수감 생활 후 사형 집행일을 며칠 앞두었을 때, 데이비드는 자신의 변호사를 통해 언론 인터뷰를 요청한다.

자신이 존경받는 저명한 대학교수였다가 대학생 성폭행범으로 오해받게 된 사건 이야기부터 자신이 죽인 것으로 되어 있는 친구 콘스탄틴이 자신에게 어떤 존재였는지를 꺼내 놓는다. 데이비드 게일을 인터뷰하던 '빗시 블룸(케이트 윈슬렛)'은 대화 속에서 그가 무죄이며 누군가의 음모로 누명을 쓴 것으로 추측하게 되고, 데이비드 게일의 무죄를 밝히기 위한 노력을 시작한다.

하지만 빗시는 게일의 태도가 이해되지 않았다. 타인의 죽음을 막기 위해 싸우던 그가, 왜 정작 자신의 죽음 앞에서는 태연한 것인지, 왜 사형이라는 형벌을 받아들이고 있는 것인지.

우리는 평생을 죽음을 막는 데 소비하죠. 먹고, 발명하고, 사랑하고, 기도하고, 싸우고, 죽이면서요. 하지만 우리가 진짜 죽음에 대해서 뭘 알죠? 죽으면 아무도 안 돌아오죠. 하지만 인생에서는 어떤 순간이 닥치죠. 정신이 내면 깊숙한 욕망과 집착을 이기는 순간요. 당신의 습관이 이상을 이기는 순간요. 그 모든 걸 잃게 되면 그땐 죽음이 선물 같죠. 그렇지 않을까요?

– 영화《데이비드 게일》'게일'의 대사 중에서

영화의 결말을 보면 알 수 있지만, 데이비드는 신념을 위해 스스로 죽음을 선택한 사람이었다. 다른 사람들의 죽음을 막기 위해, 스스로 죽기를 결정한다.

죽음을 막아내기 위해 노력하며 살아가는 우리가, 과연 죽음을 선물처럼 생각할 수 있을까. '정신이 내면 깊숙한 욕망과 집착을 이기는 순간'이라는 게, 과연 있기는 한 걸까. 습관이 이상을 이기는 순간이라는 걸 경험할 수는 있을까. 만약 그런 순간이 찾아온다면 죽음과 싸우지 않고, 막아내려 애쓰지 않을까.

***

아들의 장기 기증을 고민하던 오빠는 그 밤, 수술하는 것이 삶에 대한 욕망이며 집착이라고 생각했을 것이다.

하지만 다행스럽게도 오빠는 죽음을 막아내는 용기 있는 선택을 했다.

살아남기 위해 싸우는 일은 결코 자신만을 위한 전쟁이 아니다. 아내와 아들, 그렇게 사랑하는 사람들이 간절히 원하는 투쟁이기도 하다. '먹고, 발명하고, 사랑하고, 기도하고, 싸우면서'라도 살아주기를 진심으로 바라기 때문이기도 하다.

삶이 발버둥처럼 초라해 보이지 않도록 나도 뭔가를 해야 했다. 친구 오빠였고 나의 위로자였던 그가 이제 나의 위로를 기다리고 있었기에, 그 밤 나는 늦도록 그의 눈물을 마주했다.

***

스무 살 때 알게 되어 함께 나이 들어가는 친구에게서 전화가 왔다.

"너 별일 없니?" 밝은 목소리로 시작된 우리의 대화는 "나 암이야"라는 슬픈 떨림으로 이어졌다. 할 말이 없어진 나는 가만히 숨죽여 울었다.

"너 우니?"

"…아니…."

"울지마 나 괜찮아. 나 그래도 초기래. 내가 할 말이 많다."

친구가 방사선 치료를 받던 날, 고속버스 터미널 옆에 있는 병원에서 마스크를 쓰고 그녀를 기다렸다. 보호자 요청 메시지가 모니터에 떴을 때 나는 비틀거리며 걸어 나오는 친구를 만났다.

"메슥거려지기 전에 뭘 먹어야 하는데…."

"밥 먹으러 가자. 뭐라도 먹자."

우리는 병원 내 구내식당에서 소박한 식사를 하고 주차장으로 가서 차에 누웠다. 친구의 삶에 찾아온 불청객을 어떻게 마주하고 받아들였는지, 또 어떻게 노력하기로 했는지 친구의 이야기를 들으며 생각했다.

정말 우리는 평생 죽음을 막아내기 위해 최선을 다해 노력해 왔다는 걸. 가끔 불안이 찾아오고 때론 그것이 좌절되기도 하지만 결코, 포기하지 않는다는 걸.

내가 울어주는 것이 그녀에게 힘이 된다면 얼마든지 할 수 있기에, 바보처럼 울다가 또 웃어주었다.

***

내가 해줄 수 있는 것은 많지 않지만 그래도 우리는 만난다. 잠깐 얼굴을 보고 밥을 먹는 것이 '죽음을 막아내는 힘'이 될까 봐. 그것이 힘없는 위로라고 해도, 나는 멈출 수 없어 문자를 보낸다.

"오빠, 우리 밥 먹어야지. 내가 갈까요?"라고.

"친구야 보고 싶다. 나 언제 만나줄 거야?"라고.

11.

코로나가 빼앗은 '평범한 일상'

죽음은

애인이 아니야

"언니, 나를 만나도 괜찮겠어? 우리 서로 탓하는 일 없기로 해!"

가까이 살면서도 자주 만나지 못했던 우리는 코로나로부터 자신이 오염됐을 수도 있다는 가능성을 전면에 내놓고, 이런 우스갯소리를 하며 약속을 잡았다. 지나치게 강한 다짐을 담은 굳건한 약속이었다. 안부 문자를 보내고 통화도 했지만, 약속을 잡지 못한 가장 큰 이유는 우리 거주지가 '피해자 속출'이라는 수식어를 달고 있기 때문이었다.

몇 달 만의 만남이라 들떠서 먼저 나와 기다렸는데 동생은 오자마자 모자를 벗어 구기며 투덜거렸다.

"너무 덥다."

"그러게. 너무 덥네. 벌써 여름이야. 우리가 마지막으로 만난 게 언제지?"

계절이 몇 번 바뀌는 사이에도 우리는 도망자처럼 집에 숨어 지냈다. 생존을 위한 최소한의 외출과 늦은 밤의 산책과 같은 - 이전에는 생각한 적도 없는 새로운 삶의 패턴을 이야기하던 중에 문득 동생이 말했다.

"그중에서 가장 미치겠는 건, 내 평범한 일상이 사라

져 버렸다는 거야."

툭 뱉은 말이 너무 무겁게 느껴졌다.

***

동생은 이제 네 살이 된 어린 딸을 키우고 있었다. 올해 공립 유치원에 가게 됐다고 좋아했던 게 몇 달 전인데, 코로나 때문에 발목이 잡혔던 거다. 가끔 하는 아르바이트 원고 쓰기를 빼면 고스란히, 딸과 함께 집에서 지냈을 동생이었다.

"엄마 가끔 오시잖아. 맡기고 어디라도 가."

"어디? 어디!"

마음을 풀어주고 싶어 대답했지만 나도 알 수가 없었다. 갈 수 있는 곳이 어디일까.

"언니, 누가 그러는데, 자유롭게 여행하던 시절은 이제 끝났대. 우리 세대가 마지막이라는데. 이제 어떡해?"

겨울이 지나면 괜찮아지겠지, 봄을 넘기는 않을 거야, 이런 막연한 기대로 몇 달을 버텨왔던 우리는 이렇게 대책 없는 내일의 절망을 속수무책 받아들여야만 했다.

코로나 바이러스가 지상을 장악한 이후, 우리 모두는 일상을 빼앗겼다. 자유로운 사람은 하나도 없다. 아이들은 학교에 가지 못하고, 집에서 끼니를 거의 해결한다. 공연장에 가는 일이 두렵고, 콜라와 팝콘을 들고 영화를 보는 일도 이제는 할 수 없다. 엘리베이터에서 만난 누군가에게 "안녕하세요!"라고 인사하는 일도 머뭇거려진다.

우리가 먹고 있는 평양냉면만큼이나 밍밍한 하루들. 서로에게 어떤 위로를 건넬 수 있을까, 문득 한숨이 났다.

"제일 힘든 게 뭐야? 여행 못 가는 거?"

나의 질문에 동생은 고개를 들었다.

"뭐랄까, 그냥 허, 송, 세, 월, 하고 있다는 생각? 시간은 나는데 뭘 하고 사는 건지 모르겠어."

동생의 눈가가 촉촉해지는 것 같았다. 내가 잘못 본 것은 아닐까 눈을 힘차게 깜박였다. 아무리 다시 보아도 예상 못 했던 슬픈 눈이었다.

"울지 마. 울지 마~!"

난 장난스럽게 말하며 동생의 얼굴을 한참이나 들여다봤다.

***

소년은 아빠와 함께 걷고 있었다. 언제부터였는지 모르겠지만, 방수포와 식료품 몇 개를 넣은 배낭을 메고 둘은 남쪽을 향해 가고 있다. 세상은 잿빛으로 변했고 바다가 '파란색'이라는 것도 잊어버린 채 - 그들은 길을 걷는다.

코맥 매카시의 소설 『더 로드』(문학동네, 2008)는 내가 보았던 소설 중에 '가장 절망적인' 이야기를 담고 있다. 소설은 시작도 끝도 없는 생존의 기록을 서술하고 있다. 작가가 설명하지 않은 '어떤 재난'에 빠져 버린 아버지와 어린 아들은 '불을 지키기 위해' 남쪽으로 가고 있었다. 아버지의 가장 큰 걱정은 신발과 먹을 것. 그리고 오늘 밤을 살아내는 일이었다.

언젠가, 이들에겐 스스로 목숨을 끊을 기회가 있었다. 하지만 그렇게 하지 않았다. 함께 걷던 여자는 자살하게 두지 않았던 남자를 원망했고 잔인한 고통 속에 살아있다는 것을 후회했다.

"제발 이러지 마, 무슨 일이든 할게."

"뭘 할 건데? 이건 오래전에 했어야 할 일이야. 총에 총알이 두 알이 아니라 세 알 있었을 때. 내가 어리석었지. 이미 다 끝난 일이었어. 나 스스로 여기까지 온 게 아니야. 끌려왔지. 하지만 이제 됐어. 당신에게도 얘기하지 않으려고 했어. 그게 더 나았을 텐데. 당신에게는 총알이 두 알밖에 없어. 그런 다음에는 어쩔 거야? 당신은 우리를 보호할 수 없어. 당신은 우리를 위해 죽겠다지만 그게 무슨 소용이 있어? 당신만 아니라면 쟤도 데려갈 거야. 내가 그럴 수 있다는 걸 당신도 알잖아. 그게 옳은 일이야."

(중략)

"죽음은 애인이 아냐."

"아냐, 애인이야."

"제발 이러지 마."

"미안해."

- 코맥 매카시의 소설 『더 로드』 중에서

생존의 과정이 너무 힘들어서 포기하고 싶어질 때가 있다. 고통스러운 질병과 싸울 때도 종종 그런 생각을 한다. 살아있다는 것이 고문과 같이 느껴질 때면, 고통을 끝내고 싶다는 생각에 죽음이라는 '새로운 애인'을 찾아 무엇이든 할 수 있다고 상상한다.

소설 속 여자는 이 대화를 끝으로 남자와 아이를 버리고 홀로 떠난다. 그렇게 남겨진 남자는 소년을 데리고 다시 떠난다. 두 사람은 다시 걷고, 또 걸었다. 어둠 속에서 빛을 기다리고. 생존을 위해 먹을 것을 찾아 헤매면서.

그렇게 어느 밤, 죽음의 위기에서 겨우 살아난 남자가 소년에게 말을 건넸다.

"이야기 하나 해줄까?"

"아뇨."

"왜?"

소년은 남자를 보다가 눈길을 돌렸다.

"왜?"

"그런 이야기는 진짜가 아니잖아요."

"진짜일 필요는 없어. 이야기니까."

"그래요. 하지만 그런 이야기에선 우리가 늘 사람들을 돕는데 실제론 안 그러잖아요."

"그럼 네가 이야기를 해줄래?"

영화 《더 로드》의 한 장면

소설 『더 로드』는 2009년 영화로 만들어졌다.
타락한 세상의 끝에서
불을 지키고 운반하는 아버지와 아들.
그 치열한 길에서 우리는 깨닫는다.
이들이 지키는 불이라는 것이, 희망이었음을.

"하고 싶지 않아요."

"알았다."

"할 이야기가 없어요."

"너 자신의 이야기를 하면 되잖아."

"제 이야기는 이미 다 아시잖아요. 옆에서 봤으니까."

"네 속에는 내가 모르는 이야기가 있어."

"꿈같은 거요?"

"꿈같은 거. 아니면 그냥 네가 생각나는 거."

"네. 하지만 이야기는 행복해야 하잖아요."

"꼭 그럴 필요는 없어."

"아빠는 언제나 행복한 이야기만 해주시잖아요."

"너한테는 행복한 이야기가 없니?"

"우리가 사는 거 하고 비슷해요."

"하지만 내 이야기는 안 그렇고."

"네, 아빠 이야기는 안 그래요."

남자는 소년을 살펴보았다.

"우리가 사는 게 아주 안 좋니?"

"아빠는 어떻게 생각하세요?"

"글쎄, 나는 그래도 우리가 아직 여기 있다는 게 중요한 것 같아. 안 좋은 일들이 많이 일어났지만 우린 아직 여기 있잖아."

- 코맥 매카시의 소설『더 로드』중에서

***

우리의 삶은 바뀌었다. 코로나 바이러스가 전 세계를 침범하기 전과는 전혀 다른 삶이다. 원하는 곳에 갈 수도 없고, 낯선 미지의 공간은 금기가 됐다.

우리의 삶은 통제되고 있고, 통제 안에 들어왔다. 감시 속에 살고 있다. 어쩌면 엉망진창이 되어버린 삶의 질서를 다시 만들어가는 동안 우리는 서로의 이야기를 어떻게 만들어 갈 수 있을까.

막연한 불을 찾아 끝도 없는 길을 가는 것처럼, 우리는 함께 그 길 위에 있다. 누군가는 여자처럼 도망치고 싶다고 하지만 그럴 수 없다.

동생에게 다시 묻고 싶다.

"우리가 사는 게 아주 안 좋니? 그래도 우리가 여기에 아직 살아있다는 게 중요하잖아. 안 좋은 일들이 많이 일어났지만, 우리는 이렇게 만날 수 있잖아. 대화할 수 있잖아."

진짜가 아닌 이야기여도 좋다. 행복한 이야기가 아니어도 좋다. 희망에 가득한 이야기가 아니라도, 때론 절망 가득한 이야기라도 좋다. 살아있다는 것. 우리가 함께 이곳에 있다는 것. 그게 위로가 됐으면 좋겠다.

12.

당신은 나를 믿나요

세상에 단 한 사람

그냥 믿어줄 사람

KBS에서 일할 때였다. 여의도 KBS는 오래된 건물인 본관과 나름대로 신축이라고 말하는 IBC 건물인 신관으로 구성되어 있다. 두 건물에 사무실, 회의실, 스튜디오, 미팅 룸 등이 분산되어 있어 연결 통로라고 하는 '구름다리'를 사이에 두고 이리 뛰고 저리 뛸 일이 많다.

그날도 마찬가지였다. 녹화가 있던 날이었는데, 나는 늘 그랬던 것처럼 신관에서 본관으로 뛰던 중이었다. 그때 전화가 왔다. 공중전화로 걸려온 전화, "여보세요…"라는 불안한 목소리. 초등학교에 다니던 어린 아들이었다.

"엄마 많이 바쁘세요?"

늘 바쁜 엄마 때문에 너무 일찍 철이 든 아들은 미안하게도 엄마의 사정을 걱정했다.

"아니 안 바빠. 우리 아들 무슨 일이야?"

바쁘지 않다고 말했지만, 내 숨은 거칠었고 조급했다. 아들이 이 시간에 전화했다는 불안감이 더 컸다. 나는 걸음을 멈추고 벽에 걸린 지난 방송 포스터를 초점 없는 눈으로 보며 물었다.

"엄마 괜찮아. 무슨 일 있어? 얘기해 봐. 응?"

그러자 아들은 조심스럽게 물었다.

"엄마, 엄마는…, 나를 믿나요?"

어떤 전조도 없이 훅 들어온 말에 갑자기 손이 떨렸다. 이유를 물어볼까 하다가 질문에 먼저 대답했다.

"응. 그럼. 엄마는 동하를 믿지. 세상 누가 뭐라고 해도 우리 아들을 믿지. 엄마는 한 번도 너를 믿지 않았던 적이 없어. 알았지?"

"네. 알았어요."

"오늘만 그런 게 아니라, 늘 그랬고, 어제도 그랬고, 앞으로도 그래. 알았지?"

"네. 엄마만…."

"응…? 뭐라고?"

아들은 잠깐 숨을 몰아쉬는 것 같더니 말했다.

"엄마…, 엄마만, 나를 믿으면 돼요."

아들은 서둘러 전화를 끊으려고 했고, 나는 겁이 났다.

"동하야. 무슨 일…, 있어? 엄마가 지금 갈까?"

"아니에요, 엄마. 괜찮아요. 일하세요."

그렇게 전화를 끊고 나서, 나는 아이처럼 눈물이 났다. 다리에 힘이 풀려 구름다리 통로 사이에 주저앉아 버렸다.

오늘 나의 어린 천사에게 어떤 슬픈 일이 펼쳐졌던 걸까. 자신의 정의를 알리고 싶어 누군가와 싸웠을까. 나를 믿어주는 사람이 하나도 없다는, 그런 슬픈 상황에 놓였던 걸까. 아이의 그 힘든 순간을, 보호자인 내가 알지 못했다는 것이 미안해서 눈물이 멈추지 않았다.

녹화 시작이 얼마 남지 않았는데. MC와 리딩도 해야 하는데. 순간 모든 것을 그만두고 싶다는 생각을 멈추지 못했다. 나의 모든 선택이 미안해졌고, '일하는 엄마'인 것이 불행하다고 느껴졌다.

***

나는 가끔 그날의 전화를 떠올리며 '믿음'이라는 것이 우리의 생각과 삶에 어떤 영향을 미치고 있는지 생각한다.

세상에 단 한 사람, '나를 믿는 사람'을 찾기 위해 쉬는 시간에 뛰어나와, 공중전화에 매달려 엄마에게 전화를 걸었을 어린 아들의 마음처럼. 우리는 그렇게 간절하게 '믿어주는 사람'을 찾고 싶을 때가 있다. 그런데 아무도 물어볼 사람이 없다고 느낀다면 그것은 얼마나 큰 슬픔일까.

배우 전여빈의 열연을 볼 수 있는 김의석 감독의 영화 《죄 많은 소녀》(2017)가 생각난다. 이 영화는 자신의 결백을 주장해야 하는 한 소녀의 이야기가 슬프게 그려진다.

어느 날 친구가 실종됐다. 사라진 소녀를 추적하기 시작했지만 '경민'이 안타깝게 시체로 발견된다. 사람들은 경민의 마지막 동선을 확인하다가 마지막을 함께했던 친구, '영희(전여빈)'라는 아이를 주목한다. 그리고 영희가 경민을 죽음으로 몰았을 것이라고 의심한다. 그렇게 불행은 시작된다.

아무도 결백하다는 그녀의 말을 믿어주지 않았다. 죽은 친구의 장례식까지 찾아가 억울함을 말하며 자신을 믿어 주기를 부탁하지만, 형사도 담임 선생님도 믿어주지 않았다. 그 순간 영희가 선택한 것은 자살이었다. 세상에 나를 믿는 사람이 없다는 것은 결국 완전한 혼자가 되는 일이었다.

"죽는 게 두렵지 않아. 언젠가 이런 게 다 끝난다는 게 다행이지 않아?"

친구 경민이 죽기 전에 영희에게 남겼던 말이 영희의

영화 《죄 많은 소녀》의 한 장면

인생에서 여러 사람이 필요한 건 아니었다.
나를 믿어주는 단 한 사람이면 충분했다.
살아가는 이유가 되는
사람 하나.

고백이 되는 순간이었다. 아무도 믿어주지 않는 상황. 의심하고 또 의심하며 영희의 주변을 맴도는 사람들. 그 속에서 영희는 죽은 아이의 엄마에게 이렇게 말했다.

> "경민이가 왜 죽고 싶은지 나에게 다 말했어요. 그 말을 듣고 이해가 돼서 말릴 수 없었어요. 내가 말렸어야 했어요. 한번 죽어봤더니 알겠어요. 내일이면 내가 왜 죽었는지 사람들이 물어볼 거예요. 그 이유나 잘 대답해주세요."
>
> – 영화《죄 많은 소녀》'영희'의 대사 중에서

영희는 자신이 살인자로 주목받는다는 사실보다 아무도 자신의 결백을 믿어주지 못한다는 슬픔으로 자신을 가해한다.

이 정도라면 '죽어도 좋다'고 자살을 선택할 만큼의 외로움. 그것은 무서운 감정이지만 생각보다 쉽게 우리를 찾아온다. 그래서 나를 믿는 사람을 찾는 일이 얼마나 절박하고 소중한 것인지 말할 수 있다. 우리는 이미 경험했고 그래서 잘 알고 있다.

***

아들 전화를 받았던 날, 그날 밤 나는 오래전에 봤던 영화《식스 센스》(1999)를 다시 찾아봤다. M. 나이트 샤말란 감독이 각본까지 쓰고 연출했던 영화《식스 센스》는 브루스 윌리스가 출연했던 것만으로도 이미 유명했던 영화였다.

많은 사람들이 결말의 기막힌 반전을 기억하고 있다. 나 역시 영화를 보고 났을 때 뒤통수를 맞은 것 같은 얼얼함도 느꼈으니까.

시간이 지난 지금 영화《식스 센스》를 떠올리면, '믿음'이라는 말이 먼저 떠오른다. 그것은 주인공 '콜(헤일리 조엘 오스먼트)'의 대사 때문이다.

자신을 돕기 위해 왔다는 아동 심리학자 '말콤 크로우(브루스 윌리스)'에게 "나를 믿나요?"라고 묻던 소년 콜. 말콤의 잘 모르겠다는 대답에 콜은 이렇게 물어보기도 했다.

"나를 믿지 못하면서 나를 어떻게 돕죠?"

말콤이 상담하려던 아이, 콜은 귀신을 보는 아이였다.

하지만 귀신을 본다는 말을 하지 못해 마음의 문을 닫고 사는 아이였다. 콜의 가장 큰 고민은 자신을 믿어줄 사람이 아무도 없을 거라는 두려움이었다.

다행인 것은 말콤과 함께 하는 시간이 길어지면서 콜은 결국 용기 내 자신의 비밀을 꺼내게 된다.

영화는 믿음이 없을 때 벌어지는 상처에 관해 이야기한다. '믿음의 상실'이 관계 안에서 어떤 아픔을 남기는지도 알려준다. 다행인 것은 단 한 사람의 믿음만 있어도 희망이라는 것이 생겨난다는 것이다. 그리고 영화는 진짜 영화처럼, 서로의 상처를 꿰매는 메타포가 된다.

《식스 센스》의 엔딩은 엄마와 어린 콜의 어떤 대화로 마무리되는데, 이 장면은 지금까지도 오래도록 기억 속에 남아있다. 엄마에게 비밀을 꺼내는 어린 아들의 용기. 이것은 문제를 완전히 해결할 수는 없더라도 극복할 수 있을 거라는 믿음에 관한 것이었다.

***

믿음이 우리를 어떻게 바꾸어 가는지 생각보다 자주

경험한다.

학창 시절 숙제를 해놓고도 가져가지 않은 날이 있었다. 솔직히 말하면 언제 가져가야 하는지 몰랐던 어리석은 나이였다. 숙제를 했다고 말했지만, 선생님은 믿지 않았고 그날 나는 매를 맞았다.

그때 알았다. 믿음은 쉽게 얻을 수 있는 것이 아니라는 것을. 신뢰를 쌓는 일이란 얼마나 고되고 힘든 일인지를. 그런 경험들이 나를 어른으로 만드는 과정일 거라고 달래며 살아가지만, 나이가 들어도 믿음에 대한 지지를 포기할 수는 없다. 나를 믿어주는 사람과 함께 그리고 내가 믿는 사람과 같이 살아간다는 것은 얼마나 감사한 일인가.

새로운 아이템 회의를 하는 날이면 취재를 맡았던 막내 작가들의 표정에는 이런 목소리가 담겨 있다.

"정말 노력했다는 것을 믿어주세요."

그 얼굴이 너무 천진하고 때론 지쳐 보여서 믿지 않을 수가 없다는 걸 - 말하지 못할 때도 많다. 하지만 함께 일하는 우리는 서로의 믿음에서 우리 관계가 이어지고 있다는 것을 이미 알고 있다.

여전히 내 주변에는 '나를 믿나요?'라고 묻는 사람들이 있다. 나의 부모이기도 하고, 친구이기도 하고, 이웃이며 동료다. 그들은 그렇게 간절한 눈빛으로 나를 본다. 그 눈을 보면 나는 말하지 않을 수 없다.

"난 너를 믿어. 그리고 또 믿을 거야."

13.

미움받는 것도 용기가 필요하다면

미움받을 용기

뻔뻔해질 용기

대학교 때 일이다. 눈을 떴는데 컨디션이 좋지 않았다. 몸이 나른하고 등이 아픈 것 같은 느낌. 이런 게 몸살의 시작일 거야, 라고 나를 설득할 만큼 몸과 마음이 가라앉은 날이었다. 한 시간 정도 고민하다가 다시 침대에 누웠다. 학교에 가지 않기로 했다.

"왜 안 와? 어디야?"

나는 몸이 안 좋아서 자체 휴강을 하겠다고 했지만, 친구는 집요하게 나를 설득했다. 그날따라 왜 그렇게 날 꼬셨는지 지금도 모를 일이다. 어쨌든 나는 친구의 목소리에 힘을 내 일어났고, 꾸역꾸역 옷을 챙겨입고 버스를 탔다. 지루한 풍경이 내 앞에서 느리게 이어졌다.

드디어 내가 내릴 학교 앞이었다. 서서 내릴 준비를 하고 있는데 버스정류장에서도 도로 공사가 한창이었다. 버스 기사는 버스정류장에 조금 못 미쳐서, 그것도 도로와 많이 떨어진 곳에 차를 세웠다. 문이 열렸고 발을 내디뎠는데 그때 뭔가가 내 앞으로 돌진했다. 오토바이였다.

오토바이가 나를 치고 지나갔다는 걸 인식했을 때 나는 하늘을 날고 있었다. 누군가 봤다면 살짝 튕겨 나간 정도라고 할지 모르겠지만, 나에겐 그런 경험이었다. 두

다리가 허공에 떠 있었고, 추락하고 있다는 걸 알았다.

교통사고로 입원했을 때 교수님이 병실까지 찾아와 위로해주실 정도로 극진한 대접을 받은 이유는 그날, 나를 꾀어 학교에 오게 했던 친구 때문이었다. 친구는 자기 때문에 내가 다쳤다는 생각을 하지 않을 수 없었다. 미안한 마음에 '뭔가'를 해야겠다 생각하고 교수님들을 찾아가 선처를 부탁했다. 그 덕분에 나는 4학년 1학기 기말고사를 보지 않고도 B+와 A를 받았다. 또 어떤 교수님은 병실에서 단독 시험을 보게 해주셨고, 과제를 늦게 제출하고도 A라는 은혜를 베푸셨다. 나는 그만하면 됐다고 생각했다.

함께 수업 듣고, 꼭 붙어 밥을 먹고, 같이 길을 걷던 친구였기에 우리는 평생 같이할 것처럼 생각했지만, 우리 우정은 길지 않았다. 그것도 아주 사소한 일 때문이었다.

***

친구는 한 남자를 사랑했고, 또 사랑했다. 대학교 1학년 때 만난 그 남자와 이별하고, 다시 만나기를 반복하면서도 헤어지지 않았다. 군대에 가 있는 동안 편지를 쓰고, 면회를 하러 가고, 휴가를 기다렸고, 그렇게 만난 지 6년이 지나던 20대 어느 날, 친구는 그 남자와 결혼했다.

하지만 두 사람의 관계는 시간이 갈수록 나빠졌다. 남편을 따라 부산에 내려가면서 더 외로워졌다. 남편만 바라보고 지내지 말라고 당부했지만, 현실은 그렇지 못했다. 친구는 그것이 경상도 남자의 무뚝뚝함 때문이라고 말했지만 내가 보기엔 그게 전부는 아니었다. 그렇다고 사실을 말할 수는 없는 일이었다.

"너도 문제가 있어." 이런 식의 대화는 상처를 줄 뿐이었다. "남편은 널 사랑해." 이런 말도 내가 할 말은 아니었다.

누군가의 감정을 확신할 수는 없다. 나는 그저 남편에 대해 불평하는 친구의 전화를 받고, '독박 육아'가 힘들다는 하소연에 막연한 위로를 전할 뿐이었다. 자주 만나지 못했지만 자주 통화했고 매번 친구의 슬픈 목소리를 들었다. 특별한 어떤 위로도 전하지 못했지만 그런 시간은 꽤 길게 이어졌다.

그러던 어느 날이었다. 친구를 만나기 위해 나는 부산

에서 휴가를 보낼 계획을 세웠다. 해운대 바다 앞 호텔을 예약했고 만날 시간도 정했다. 친구는 어린 아들을 데려왔고 우리는 함께 밥을 먹으며 긴 이야기를 나눴다.

"남편이 나를 이제 사랑하지 않는 거 같아."

이런 말에 나는 어떤 대답을 해야 했는지 아직도 잘 모르겠다. 지금보다 어렸던 그때, 나는 그 마음을 이해하고 싶어 대답 대신 질문을 했다.

"왜? 왜 그렇게 생각해?"

"그건…, 그냥 알아."

한 남자가 자신의 우주였던 친구는, 그 전부였던 세계에서 홀로 서 있었다.

"너는 사랑해? 아직도? 옛날처럼?"

"… 그런 거 같아. 내가 더 사랑했어. 늘…."

친구는 억울한 표정을 하며 눈물 흘렸고, 우리는 호텔 방에 앉아 맥주를 마셨다.

그 밤, 친구 남편은 술에 취한 채 친구에게 전화를 걸어왔고 둘은 싸우기 시작했다. 집에 오라는 남편과 가지 않겠다는 친구. 두 사람의 실랑이가 조금 길어질 무렵, 술에 잔뜩 취한 친구 남편이 내 호텔 방까지 찾아왔다.

그리고는 내 작은 침대를 차지하고선 코를 골고 자기 시작했다. 그 순간 나는 친구에게 '너를 이해한다'라고 말할 수밖에 없었다.

친구는 아마도 그날, 나의 말을 이렇게 생각했던 것 같다. '남편이 너를 사랑하지 않는 것 같아'라고. 나는 작은 의자에 앉았고, 친구는 호텔 바닥에 이불도 없이 누워 자는 어린 아들을 보고 있었다. 남편이 깰까, 속삭이듯 말하던 친구는 결국 이 말을 꺼냈다.

"네가 그렇게 말할 줄 몰랐어. 서운해."

그날 이후, 나는 친구의 아픈 이야기를 더 들을 수 없어 피해 다녔고, 나의 바쁜 생활은 서울과 부산이라는 거리를 좁히지 못했다.

***

위로를 청할 때 듣고 싶은 말이 있다는 걸, 나는 안다. "그가 나를 사랑하지 않아"라고 말했을 때 "아니야 그는 널 사랑해"라는 식의 말. "난 아무것도 할 수 없어"라는 투덜거림에 "아냐 넌 뭐든 할 수 있어"라는 식의 위로.

그런데 거기서 "그러게 이상한 사람이네, 사랑이 식었나 봐"라고 말한다거나 "그래 네가 다 할 수는 없을 거야, 하지만 할 수 있는 걸 찾아보자"라고 말할 수 있을까?

어쩌면 우리 관계는 위태로울 수도 있다. 그래서 나는 대답하지 않는 편을 선택한다. 듣기를 바라는 말과 진심이 다를 때, 나는 조심스럽다. 나의 진심을 꺼내 놓았을 때 그녀와 그들에게 미움받을까, 걱정하지 않을 수 없다.

***

철학이 어려운 학문이라고 생각하지만 늘 그런 건 아니었다. 기시미 이치로, 고가 후미타케가 함께 쓴 책 『미움받을 용기』(인플루엔셜, 2014년)를 보면 알 수 있다.

기시미 이치로는 '아들러 심리학'을 연구하는 철학자다. 심리학과 고대 철학을 연구하며 강연하던 그는 수많은 청년을 상대로 심리 상담을 하기도 했다. 프리랜서 작가인 고가 후미타케는 아들러 심리학을 접하고 상식을 뒤엎는 사상에 큰 충격을 받았다고 한다. 그 후 몇 년에 걸쳐 기시미 이치로를 찾아가 아들러 심리학의 본질에 대해 문답식으로 배웠고, 그 내용을 정리해 책으로 쓴 것이 바로 『미움받을 용기』다.

- 철학자: 인간은 누구나 스스로 의미를 부여한 주관적인 세계에 살고 있지. 객관적인 세계에 사는 것이 아니라네. 자네가 보는 세계와 내가 보는 세계는 달라. 누구와도 공유할 수 없는 세계일 테지.
- 청년: 무슨 뜻입니까? 선생님도 저도 같은 시대, 같은 나라에서 태어나서 같은 것을 보고 있지 않습니까?
- 철학자: 어쩌면 자네는 선글라스 너머로 세계를 보고 있는지도 몰라. 그런 상태에서는 세계가 어둡게 보이는 것이 당연하지. 그렇다면 세계가 어둡다고 한탄할 것이 아니라 선글라스를 벗으면 되네. 맨눈에 비치는 세계는 강렬하고 눈이 부셔서 절로 눈을 감게 될지도 모르네. 다시 선글라스를 찾게 될지도 모르지. 그래도 선글라스를 벗을 수 있을까? 세계를 정면으로 바라볼 수 있을까? 자네에게 그럴 용기가 있을까? 그게 관건이지.

-기시미 이치로의 『미움받을 용기』 중에서

아들러 심리학에 대해 저자는 고루한 학문이 아니라 '인간 이해의 진리이자 도달점'이라고 극찬하면서 이것은 '용기의 심리학'이라고 정의한다. 그리고 덧붙인다. 우리에게 필요한 것은 모든 것에 관한 용기라고.

변화할 용기, 달라질 용기, 행복해질 용기, 그래서 또 미움받을 용기.

우리는 관계 안에서 인정받기를, 또 사랑받기를 꿈꾸다가 좌절하고 상처받는다. 그것이 콤플렉스가 되고 열등의식이 된다. 이건 특별한 일도 아니다. 나도 경험했고, 어쩌면 우리 모두가 경험했을 법한 이야기다.

아들러 심리학에서는 모든 고민이 인간관계에서 비롯되는 고민이라고 주장한다. 그렇기 때문에 인간관계로부터 자유로워지기 위해서는 '미움받을 용기'마저도 필요하다는 것이다. 그래서 단적으로 말해 자유란 타인에게 미움을 받는 것이라고 이야기한다.

***

나 역시 주변 사람과의 관계 안에서 고민을 시작한다.

사람들이 나를 좋아하는지 혹은 피하려고 하는지 가늠하고 그것을 행복의 기준으로 삼기도 한다. 아들러 심리학이 충고하는 용기에 의하면 우리가 해야 할 일은 이미 정해져 있다. 누군가 나를 싫어해도 '상관없다'고 생각하는 일. 그들이 나를 어떻게 평가하든지 그것에 조정 당해서는 안 된다는 것. 그리고 어떤 평가라도 두려워하지 말아야 한다는 것이다.

***

오늘도 후배가 나를 붙잡고 '사람들이 나만 싫어해요'라고 이야기했을 때 나는 잠깐 생각했다. '그렇지 않아'라고 말하지 않았다. 훨씬 정확한 답을 해주고 싶었다. 그래서 이렇게 말해줬다.

"싫어하면 어때!"

후배는 다시 묻지 않았지만, 만약 '그러다가 사람들이 나를 다 싫어하면 어떻게 해요?'라고 물었다면 나는 이렇게 대답할 것이다.

"그럼 그러라고 해. 싫어하라고 해."

긴 세월이 지난 이제야 가끔 그 시절 친구를 떠올린다. 해줄 말이 없다고 생각했던 그때의 나와는 다르기 때문이다. 지금의 나라면 친구의 전화를 피하지 않고 말해주었을 것이다. '남편은 너를 사랑해'라는 말은 아니었을 것이다. '그래 남편은 너를 사랑하지 않아'라는 말도 아니었을 것이다. 그저 너의 마음 상하게 하는 그 대상이 누구더라도 상처받지 말라고 말해줄 것이다. 남편이 너를 사랑하지 않는다는 생각에서 벗어나 너의 자유를 먼저 지키라고 말해줄 것이다.

14.
타인의 친절이 나를 살릴 때

알 수 없는 세상
알지 못했던 도움

친한 동생으로부터 전화가 왔다.

"어, 언니 어떻게 지내?"

이 질문에 나는 "나 괜찮아. 잘 지내"라고 대답했지만, 무슨 일이 있는 걸까, 걱정됐다.

머릿속은 이내 삶에 대한 연민으로 가득 찼다.

"넌 어떤데?"

내가 다시 물었을 때 동생은 무료한 점심 식사를 막 끝낸 사람처럼, 하품하듯 대답했다.

"안 좋아. 힘들어."

"왜?"

"그냥…, 뭘 위해 살아야 하는 건지 모르겠어."

동생의 이런 푸념은 처음 있던 일은 아니었다. 우리는 10년 전쯤 KBS 프로그램에서 만났다. 터키에 지진이 발생한 어느 날, 급하게 취재를 떠나야 했던 어느 PD에게 국장은 나를 붙였다. 우리는 그렇게, 먼 나라에 찾아온 끔찍한 슬픔을 취재하기 위해 늦은 밤에 만났다. 섭외가 어려운 상황에서 나는 비장의 카드를 꺼내, 현지 교회 한인 목사님께 동행을 부탁했고 PD는 바로 카메라를 들고 터키로 떠났다.

그렇게 지진이 채 끝나지 않은 터키의 어느 무너진 건물 속에서 힘든 취재를 하고 돌아온 PD는 밤새 함께 편집해주던 나와 '동료'가 됐고, 서로의 삶을 나누는 동생이 됐다. 죽음의 공포, 자연 재난이 준 좌절 같은 것이 그녀를 서정적으로 만들었을 수도 있다. 우리는 그리 오랜 시간을 알고 지낸 사이도 아니었지만, 그녀는 인생의 슬픔을 나누기 충분한 사람으로 나를 인정해주었다.

그리고 10년이라는 시간 동안 나는 그녀가 깊은 통증을 경험하는 것을 바라보았다. 일에 대한 회의, 능력이라는 것의 한계치를 마주하고 그녀는 도망가고 싶다는 생각을 버리지 못하고 있었다. 가끔 내 앞에서 술 취해 울고, 등 돌려 토사물을 감출 때도 나는 특별한 위로를 전해주지 못했다. 그냥 함께해주는 것 외에는 특별한 해결책이 생각나지 않았다.

그리고 얼마 뒤, 그녀는 모든 일을 그만두고 잠적하듯 사라졌다. 나 역시 그렇게 사라진 적이 있었기에, 나는 그녀를 서둘러 찾지 않았다.

1년 정도 시간이 지난 어느 늦은 밤이었다. 사라졌던 동생이 집 앞까지 불쑥 나를 찾아왔다. 그리고는 웃으며 인사했다. "언니. 안녕?"이라고. 아이처럼 쑥스럽게, 입술을 삐죽이며 웃었다.

그날 밤, 서로의 인생이 어떤 롤러코스터를 타고 있었는지 쉼 없이 이야기를 나눴고 웃으며 헤어졌다. 이 장면이 영화에서라면 엔딩 컷이 될 수 있었겠지만, 우리 인생이 어찌 그럴까. 이제 파트 1이 끝났을 뿐. 인생의 고통은 다시 2막을 열었다.

힘들 게 다시 방송을 시작하고 바쁘게 살면서도 동생은 아직도 그 문제를 풀지 못했다. "누구를 위해, 또 무엇을 위해 이 고생을 해야 하지?"라는 질문은 답을 알 수 없는 킬러 문제처럼 그녀를 괴롭혔다. 그래서 또 묻는다. "언니, 나는 누구에게 가치 있는 사람이지?"라고.

이럴 때 해 줄 수 있는 대답은 사실 정해져 있다. "너. 너한테 가치 있는 사람이지. 그리도 나에게도, 너희 엄마에게도, 오빠에게도. 너무 많아."

결혼하지 않아서라거나, 남자친구가 없어서라고 말할 순 없다. 인생이 주는 고독함이라는 건 그렇게 벗어날 수 없는 멍에로 우리를 평생 괴롭힌다.

***

외로운 밤 - 함께 산책 갈 사람이 있을 때도 있지만 - 바쁜 가족들이 함께 걸어주지 못할 때면, 나는 일곱 살이 된 '하니'라는 이름의 강아지를 데리고 무작정 거리를 걷는다.

상쾌한 공기, 분주한 자동차, 땀 흘리며 뛰는 사람들과 여정 없는 길을 가는 자전거 사이에서 나는 파블로 네루다의 시 〈산보〉를 떠올린다.

내가 사람이라는 게 싫을 때가 있다.
나는 양복점에도 들어가 보고 영화관에도 들어가 본다.
펠트로 만든 백조처럼 시들고, 뚫고 들어갈 수 없이 되어,
근원의 물과 재 속으로 나아간다.
이발관 냄새는 나로 하여금 문득 쉰 소리로 흐느껴 울게 한다.
내가 오직 바라는 건 돌이나 양모처럼 가만히 놓여있는 것.
내가 오직 바라는 건 더 이상 상점들을 보지 않고, 정원들,
상품, 안경들, 엘리베이터들을 보지 않는 것.

내 발이 싫어지고 내 손톱과

내 머리카락 그리고 내 그림자가 싫을 때가 있다.

내가 사람이라는 게 도무지 싫을 때가 있다.

-파블로 네루다의 시 〈산보〉 중에서

***

얼마 전 론 쉐르픽 감독의 영화 《타인의 친절》(2021)을 봤다. '클라라(조 카잔)'는 경찰이면서도 아무렇지 않게 폭력을 휘두르는 남편에게 벗어나기 위해 늦은 밤 아이들과 도망친다. 브루클린 브릿지를 건너며 기분 좋은 얼굴로 '서프라이즈 뉴욕 맨해튼 여행'이라고 말했지만, 아이들은 알고 있었다. 폭력 아버지를 피해 엄마와 도망치는 중이라는 것을.

돈도 없고 차도 없다는 것은 '잠들 곳 없고' '먹을 것 없는' 가난과 고통의 방랑이라는 것을 곧 깨닫지만, 되돌아갈 수는 없다. 클라라는 음식을 훔쳐 아이들을 먹이고, 동냥해 아이들을 씻기고, 또 누군가를 속이면서 잠자리를 찾는다.

추운 겨울, 맨해튼이라는 차가운 도시에서 클라라가 완전한 절망에 빠졌을 무렵, 영화는 클라라처럼 상처 입은 다른 사람들을 그녀의 주변으로 모은다. 누군가는 돕고, 또 누군가는 도움받는 법을 배우면서 - 만남은 뜻밖의 상황들을 '희망'이라는 단어로 바꾸어 간다.

영화《타인의 친절》은 길을 잃고 방황하던 뉴욕의 '어떤 이'들이 정말 낯선 '어떤 이'를 만나면서 서로를 발견하는, 또 무너진 삶을 다시 일으키는 영화다.

아이들이 학교에 가지 않아도 되냐고 물었을 때, 클라라는 뉴욕이 학교가 되어줄 거라는 대답을 한다. 엄마는 '도망치는 중이라, 돈이 없어서 너희를 학교에 보낼 수 없어'라고 말하지 않는다. 이 말이 희망찬 이유는 세상이 너희의 학교가 되어줄 거란 엄마의 믿음 때문이다.

영화를 보던 관객조차 거리가 아이들의 학교가 되어주길 간절히 바라고 있을 때쯤, 낯선 타인은 그녀를 찾아와 묻는다. "우리 집에 있을래요?"라고. 이 한 마디는 그녀와 아이들을 빛으로 이끌고 간다.

"어려운 일이 생길 때 어떤 분들은 의지할 사람도 없어요.

하지만 타인은 있잖아요."

– 영화《타인의 친절》'엘리스'의 대사 중에서

낯선 사람이 인생 깊숙이 들어오려는 걸 반가워하는 사람은 별로 없다. 경계하고 긴장한다. 내게 해를 가하려는 건 아닌지 다시 생각해보게 된다. 하지만 도움을 받게 되고 그것이 변화를 이끌었다는 걸 알게 됐을 때, 낯설었던 타인은 세상 그 누구와도 비교할 수 없는 친구가 된다.

머리의 지시가 마음의 소리라는 걸 알게 되면서 우리는 성장한다. 내 존재의 하찮음에 누군가 조금씩 의미를 채울 때 우리는 알게 된다. 우리가 관계하는 사람들 모두가 처음엔 낯선 타인이었다는 것을.

***

방황은 십대에만 찾아오는 일이 아니다. 나이 들고 늙어가는 과정을 겪으면서도 우리는 방황한다. 그런 방황 속에서 혼자라고 느낄 때, 뜬금없이 찾아온 타인에게 위로받을 수 있다.

무섭지만 도망칠 수 없는 어떤 거리에 서 있다고 느낄 때. 나와 같은 고통을 알고 있는 누군가라면. 그가 타인이어도 함께할 수 있다.

위로라는 건 그런 것이다. 많은 말이 필요하지 않다.

서로를 잘 알지 못하는 타인의 작은 친절이 누군가를 살릴 수도 있다면. 그 사람이 오늘의 나일 수도 있다.

15.

갈은 편이라고 말해줘

언제나 나의 곁에서

언제나 나의 편이 되어주길

한 남자가 있었다. 작지 않은 키에, 적당한 근육, 무심한 표정에 적당히 말도 없던 남자는 생각보다 외로운 청소년기를 보냈다.

어렸을 때 - 하얀 양복에 백구두를 챙겨 신고 손자를 오토바이에 태우던 할아버지를 따라 '어른들의 커피숍'에 쫓아갈 때만 해도 - 자신이 외로워질 거라고 생각하지 못했다. 하지만 인생은 상상 못 했던 순간으로 우리를 데리고 갈 때가 있는데, 남자에게 그 순간은 부모님의 이혼이었다.

부모님이 이혼한 뒤, 남자에겐 심리적으로 많은 변화가 찾아왔다. 그중에서 남자가 가장 먼저 배운 것은 '체념하는 법'이었다. 자신의 노력으로 바꿀 수 없는 현실 앞에서 체념은 적당한 처방이었다. 체념하고 나니 마음은 편안했다. 하지만 체념이 삶의 태도까지 바꾼다는 걸 그는 놓치고 있었다.

첫 번째 변화는 자기도 모르는 사이 입을 다물어 버리는 '침묵의 습관'이었다. 하지만 불평하지 않는 그의 모습이 친구들에겐 성숙해 보였을 것이다. 그리고 두 번째 변화는 말버릇이었다. 실망하고 좌절하는 순간에 할 수 있는 말은 많지 않았기에 그저 이렇게 말하기 시작했다. “어쩔 수 없지, 뭐.” 남자는 이 방법이 꽤 괜찮다고 생각했고 ‘어쩔 수 없이’ 외로운 심정을 그렇게 가슴에 묻었다.

말하진 않았지만 늘 외로웠던 남자는 성인이 됐을 때, 꿈같은 연애를 이어간다. 하지만 우리는 상상해볼 수 있다. 자신을 표현하지 못하는 남자와 사랑에 빠진 여자들은 어떤 불만을 털어놓을지.

꼭 그런 이유 때문만은 아니겠지만, 몇 번 실연하게 된 남자는 의외의 장소에서 전혀 생각하지 못했던 여자에게 호감을 느끼게 된다. 남자보다 나이가 몇 살 더 많은 여자였는데, 여자는 남자를 바라볼 때 ‘난 너의 마음을 알고 있어’라는 식의 눈빛을 보였다. 타인에게 예민했던 여자와 그런 예민한 말투가 좋았던 남자는 술 한잔을 두고 마주 앉았다.

그날의 대화는 마음에 묻어둔 상처에 대한 것이었는데, 아마도 남자는 아픈 기억을 모두 꺼내 놓는 방법으로 자신을 알리려 작정했던 것 같다. 여자는 그의 말을 모두 들었지만, 그때는 몰랐다. 남자가 자신의 상처를 꺼내 놓은 방식이 ‘사실’을 말하는 것에 그쳤다는 것. 그 시간 속에서 겪었던 슬픔과 고통 같은 아픈 감정까지는 꺼내지 못했다는 것을.

두 사람은 결혼했지만, 안타깝게도 감정적으로 한 걸음씩 물러나 있었다. 여자가 힘든 일을 투덜거릴 때마다 남자는 공감하기보다는 "어쩔 수 없는 일이야"라고 한마디 하는 것으로 위로를 대신했고, 여자가 남자의 마음이 궁금해 "괜찮아?"라고 물을 때조차 남자는 "괜찮아"라고만 했다. 남자는 괜찮지 않다는 말을 배운 적이 없었고, 그것은 나약한 말이라고 생각했다.

이런 시간이 쌓이면서 두 사람은 각자 불만을 쌓아갔다. 여자는 남자와 더 가까워지지 못한 것이 남자 때문이라고 생각했고, 남자는 여자의 마음이 변했다고 생각했다. 남자가 말하지 않는 감정, 그 깊은 내면에 자신이 들어갈 수 없다고 느낀 여자는 이제 '이해하고 있다'라는 말을 하지 않았다. 또 어떤 속상한 일을 꺼내 놓더라도 어차피 '어쩔 수 없잖아'라고 대답할 남자 앞에서 여자는 자신의 통증을 드러내지 않았다.

남자처럼 여자의 말수가 줄어들고 조용해지자, 남자는 이전보다 더 극심한 외로움을 느꼈다. 자신은 달라진 게 없는데, 여자가 달라졌다고 결론 내리지 않을 수 없었다.

그렇게 서로 갈등이란 탑을 쌓고 있던 어느 날, 남자는 술에 취해 전혀 예상도 못 했던 방식으로 문제를 해결하려고 했다. 이미 의식은 블랙 아웃되어 기억마저 사라진 순간, 남자는 강렬한 통증을 한꺼번에 터트리며 베란다로 나가 창문을 열었다. 그 순간 남자를 사로잡은 감정은 '그만두고 싶다'였고, 그 방법으로 선택한 것은 '뛰어내리고 싶다'였다.

그날 밤, 여자는 자신보다 큰 체구의 남자를 껴안고, 생애 처음으로 알 수 없는 괴력을 발휘해 힘껏 그를 잡아당겼다.

***

조금 세월이 지나고 여자는 말 없는 남자가 즐겨 하던 말의 의미를 새롭게 정의하기로 했다. "괜찮아 어쩔 수 없지 뭐"라는 말을 "내가 괜찮아지게 해 줄게"라는 식으로 조율했는데, 그것이 서로가 한 편이 되어 사는 방법이었다.

***

J를 처음 만났을 때 그녀는 짧은 쇼트 머리를 노랗게 염색하고 말없이 앉아 있었다. 우리는 같은 프로그램을 하게 된 작가들이었지만, 예상보다 사교성이 없던 나는 무심하게 인사했을 뿐 습관적 관찰조차도 하지 않았다.

그렇게 며칠이 지나지 않은 밤에 J에게서 전화가 왔다.

"언니, 나 언니가 너무 좋은 사람인 거 같아, 너무 좋아. 우리 친하게 지내요."

"아…, 그래요."

"언니, 존댓말 하지 말고 이제 반말해. 나 친해지고 싶어."

"아…, 그래요. 다음에 만날 때 그렇게 해요…."

직진하는 J와 우회하는 나는 그렇게 첫 번째 개인적인 전화를 끊었다. 그날 밤 소심한 나의 태도 때문이었는지 우리는 1년이 넘게 사적인 대화를 나누지 못했다. 지금 생각해보면 그녀의 적극적인 제안을 내가 소극적으로 거절했기 때문일 수도 있다. 그렇게 우리는 아무도 아닌 사람처럼 함께 일하고 회식 자리에서도 만났지만, 서로를 알아가진 못했다.

시간이 많이 지나고 조직개편이 진행되면서 J는 나와 다시 한 팀이 됐다. 노랑머리는 갈색이 됐고 짧은 쇼트가 웨이브 있는 길이로 조금 더 자라났을 뿐 달라진 것은 없었다. 그런데 나와 같은 팀이 되었다는 이유 때문이었을까. J는 이전보다 더 솔직하게 내 삶에 불쑥 들어왔다.

"언니. 난 언니 없으면 이 프로그램을 할 이유가 없어…."

그제야 나는 알았다. J가 진심으로 나의 응원과 격려를 기다려왔다는 것을.

무엇이든 직진해야 하는 솔직한 J는 방송에 대한 열정이 누구보다 많았는데, 그런 열정 때문에 때론 오해를 사기도 했다. 지나칠 수 있는 문제를 지적하기도 했고, 솔직한 말투로 사실을 꺼내 놓기도 했다. 그런 만큼 누군가는 그런 J를 불편해했고, 또 누군가는 그런 그녀에게 진심 어린 박수를 보내기도 했다.

그날 나는 핸드폰에 저장돼 있던 J의 이름을 별명으로 바꿨다. 작가라는 수식어를 빼고 '착한'이라는 단어를 이름 앞에 붙였다. 그것은 나 스스로 그녀의 편이 되었음을 공식화하는 나름의 의식이었다.

***

누군가의 '편'이 된다는 것이 생존의 방식이라는 것을 알게 해 준 소설이 있다. 아프리카 나이지리아의 '그리스도 왕 교회'에 사역하고 있는 우웸 아크판 목사의 소설 『한편이라고 말해』(은행나무, 2010년)다.

이 책의 원제는 'Say You're One of Them'인데 직역하자면 '네가 그런 사람 중 하나라고 말해'라는 뜻이다. 이 말을 이해하려면 이 소설이 만들어진 의미를 알아 둘 필요가 있다. 책에 등장하는 다섯 편의 이야기는 모두 실제로 일어났던, 수많은 아프리카 아이들의 삶을 기초로 하고 있다. 가난과 굶주림, 성폭행, 차별 같은 고통에 빠져 있는 아프리카 아이들의 고통을 소설로 쓰면서 그가 생각했던 한 가지의 충고는 이런 말이었다. "Say. You're One of Them."

책 속 단편 〈부모님의 침실〉에서 딸이 죽을까 봐 염려하던 엄마는 딸에게 이렇게 말한다.

"사람들이 물으면, 너는 그들과 같은 부족이라고 말해, 알겠니?"

"누가 물으면요?"

"누구든지. 그리고 모니크, 동생을 잘 돌봐야 한다. 꼭 그래야 해, 알았지?"

"알았어요, 엄마."

"약속하지?"

"약속해요."

-우웸 아크판의 소설『한편이라고 말해』중에서

'내가 너희와 같은 부족이고 일부'라고 말하도록 가르치는 이유는 딱 하나, 딸의 생존을 위해서였다. 이런 엄마의 충고를 딸은 마치 호신용 비밀 무기처럼 기억한다.

'같은 편이라고 말해'라는 한 문장은 소설 전체를 관통한다. 범죄 앞에서, 혹은 죽음의 위기에서 '같은 종교라고 말해'라거나 '한편이라고 말해'라고 가르치는 건 위기에 빠진 아이들에게 이 한 마디가 생명줄이 되어주기 때문이다.

아프리카 대륙에서 어린아이들이 처한 가난과 굶주림

의 고통을 우리는 다 알지 못한다. 아동학대나 인신매매와 같은 범죄도 우리가 상상하는 것 이상일 것이지만, 미안하게도 현실감은 없다. 우리는 너무 멀리 떨어져 있고, 종교와 인종 분쟁이 왜 목숨을 위협하는지 경험하지 못했기 때문이다.

***

나는 가끔 그런 생각을 한다. '내가 당신과 한편이에요'라는 말이 아프리카에서 고통받는 아이들에게만 필요한 말일까. 요동치는 슬픔과 외로움에서 빠져나오고 싶어 이 말을 기다려본 적은 없을까. 누군가의 삶에 전쟁처럼 벌어지고 있는, 가늠조차 하기 어려운 고통이 느껴질 때 - 그런데도 내가 해줄 것이 아무것도 없을 때 - 나는 이 말을 떠올리곤 한다. 너무 낡아, 또 너무 진부해서 쓰기도 민망한 말이지만, 나는 진심을 담아 전할 때가 있다.

"힘내. 나는 언제나 너의 편이었어."

때론 힘없이 사라져 아무 위로가 되지 못할 수도 있는 말이지만, 부끄럽지 않다. 내가 너와 같은 편이라는 고백은 '내가 앞으로도 너의 곁에 있을 것'이라는 나의 약속이기 때문이다.

존 박의 노래 〈I'm aways by your side〉를 들을 때면 'your side'에 '한편'이라는 의미를 더해 이렇게 해석하곤 한다.

Cause I worry too much all my fears amplify (많은 걱정에 점점 두려움이 커질 때)

Sometimes I just wanna run (도망치고 싶을 때도 있어)

I think of you (그럴 때면 너를 생각해)

I'm always by your side (언제나 너의 편이 될게!)

16.
잠들지 못하는 새벽 네 시

불면의 밤

개와 늑대의 시간에서

깊은 밤, 아니 어쩌면 이른 새벽, 잠에 빠져 있던 내 귓가에 톡 알람이 울렸다. 세상이 이미 잠들었다는 표현이 어울리는 시간이었다. 누군가는 알람 소리를 들을 수 없을 시간이었지만 나는 곧 깨어났다. 습관적으로 머리맡으로 손을 더듬어 어둠 속에서 핸드폰을 찾았다.

회사에 무슨 중요한 일이라도 생겼을까, 걱정하며 실눈을 뜨고 핸드폰을 열었는데 뜻밖에 한 PD 선배의 이름이 보였다. 창을 열어 확인해보니 어떤 텍스트 한 줄도 없이 그저 유튜브 영상 링크 하나뿐이었다. 그것도 나는 전혀 알지 못하는 한 브라스밴드의 연주곡이었다.

시간을 확인했다. 새벽 네 시였다. 도대체 무슨 일일까. 어떤 메시지도 쓰지 못할 만큼의 깊은 침묵이 느껴졌다. 그리고 다시 눈을 감았다. 그 밤 선배의 침묵은 어떤 의미였을까.

사실 선배는 이미 나에게 들킨 적이 있었다. 어느 회의 시간 선배가 흘린 수면제 약통을 내가 봤고, 누가 보기 전에 그것을 집어주었다. 불면증은 부끄러운 일이 아니지만, 그렇게 떠벌리고 싶지 않을 거라는 생각이 들었기에 내 손은 재빨리 움직였다.

'정신과 처방'이라는 스티커가 붙은 수면제를 발견한 뒤 나의 오지랖은 이런 질문을 하게 했다. "잠은 좀 주무셨어요?"라거나, "컨디션 어때요?" 일상적인 질문들이었지만 마음으로는 늘 그가 걱정됐다.

그날, 새벽 네 시에 톡을 보내오던 날, 알게 되었다. 선배가 말없이 통증을 알려왔다는 것을. 가만히 있을 수가 없었다. 연주를 모두 듣고 나도 곡 하나를 골라 보냈다. 가수 현진영이 작곡하고 불렀던 재즈풍의 노래, 〈소리쳐봐〉였다.

> 소리쳐봐 말해봐 내 곁에 사비 두비 두비 디바 두비 두 바
> I just want you to break me down 떠벌여 떠들어봐 맘을 닫지 말아봐
> 세상을 바라봐 삶이 굽이굽이 전부 다르지만 I just want you to break me a down
> 이제 너도 나를 바라보라고 살아가는 길을 되짚어 써봐
> 아픔이 수많은 밤마다 있었니
> (중략)
> 꺼내봐 내밀어봐 모두 나와 나눠봐 전부를 걸어봐 삶이

돌고 돌아가서 모르지만

I just want you let me know 무릎 꿇지 마라 누가 뭐래도

- 현진영의 노래 <소리쳐봐> 중에서

통증이 너무 심하다면, 말해도 좋다고 알려주고 싶었다. 나는 들어줄 준비가 됐다는 말도 하고 싶었다. 아픔이 있던 수많은 밤을 다 알 수는 없겠지만, 그렇게 세상에 무릎 꿇지 말고, 일어나라고 말하고 싶었다.

***

새벽 네 시가 어떤 시간인지, 깨어 있는 사람은 그 의미를 안다. 언젠가, 쏟아지는 잠이 고통이었던 시절도 있었지만 어른이 되면서, 책임이라는 것이 더 큰 무게로 자리 잡게 되면서 잠은 자꾸 도망친다.

그렇게 많은 사람이, 자기도 모르게 불면이라는 습관을 갖게 된다. 마음이 불안하고 상처 입었을 때, 두려움이 나를 사로잡을 때, 우리는 잠들지 못하고 새벽을 맞이한다.

그렇게 새벽 세 시에서 네 시로 갈 때 생각한다. 어제도 오늘도 아닌 시간이 결국 찾아왔다는 것을. 프랑스에서 이런 시간을 '개와 늑대의 시간'이라고 부른다. 빛과 어둠이 뒤섞인 시간, 모든 것이 모호해서 그 무엇도 정의할 수 없는 시간 - 그것이 새벽 네 시다.

밤도 아니고 새벽도 아닌 것 같은 그 시간에 나는, 오랫동안 사랑했던 시인 비스와바 쉼보르스카의 시를 꺼내 읽었다.

밤에서 낮으로 가는 시간
옆에서 옆으로 도는 시간
삼십 대를 위한 시간

수탉의 울음소리를 신호로 가지런히 정돈된 시간
대지가 우리를 거부하는 시간
꺼져가는 별들에서 바람이 휘몰아치는 시간
그리고-우리-뒤에-아무것도-남지 않을 시간

공허한 시간

귀머거리의 텅 빈 시간

다른 모든 시간의 바닥

새벽 네 시에 기분 좋은 사람은 아무도 없다

만약 네 시가 개미들에게 유쾌한 시간이라면

그들을 진심으로 축하해주자

자, 다섯 시여 어서 오라

만일 그때까지 우리가 죽지 않고

여전히 살아있다면

– 비스와바 쉼보르스카의 시 〈새벽 네 시〉 중에서

***

봉준호 감독이 아카데미 시상식에서 존경의 박수를 보냈던 마틴 스콜세지 감독의 1976년 영화《택시 드라이버》의 첫 장면은 아직도 선명하다.

아저씨라고, 할아버지라고 생각했던 배우 로버트 드니로가 날카로운 턱선을 가진 청년이었을 시절의 영화다.

영화는 주인공 '트래비스'가 어떤 택시 회사를 찾아가

면서 시작된다. 왜 택시 기사를 하려는 것인지 묻는 말에 그는 단조롭게 대답한다. 불면증 때문이라고. 로버트 드 니로가 맡았던 트래비스는 베트남 전쟁에 참전했던 기억으로 잠들지 못하는 밤을 보내던 인물이었다. 기억이 되살아나면 통증이 됐고, 통증이 깊어질수록 잠은 더 멀리 쫓겨났다.

불면의 밤에 할 수 있는 일이 뭐가 있을까. 처음엔 잠들지 못한다는 불쾌한 현실을 자각하는 것이겠지만, 절망은 곧 다른 불행한 사람들의 고통으로 전이된다.

살아내기 위해 뭔가를 해야겠다고 다짐하던 날, 트래비스는 깊은 불면증과 같은 인생의 고통에서 벗어나기 위해 권총 네 자루를 사고, 악인이라고 생각했던 사람들을 향해 총구를 겨눈다. 불면의 밤이 만든 비극이었다.

***

어떤 병 때문에 불면증이 시작된 게 아니라면, 불면의 밤을 맞이하게 된 이유는 '나의 현실' 때문이라고 전문가들은 말한다. 그것이 억울한 어떤 일이든, 일에 대한

"어딜 가든 외로움이 따라온다
술집, 택시 안, 거리, 가게에서도…
외로움에서 탈출할 수는 없다."

스트레스든, 벗어날 수 없는 아픈 상황이든 간에 중요한 것은 현실이 달라지지 않는다면 불면 앞에서 무기력해질 수밖에 없다는 것이다. 그럼에도 불면증에서 빠져나오는 가장 좋은 방법은 '오늘의 일'이다. 잠을 자지 못해도 아침이면 일터로 나가 '바쁘고 고된 삶'을 살라고 한다. 그런 치열한 태도가 결국 우리를 불면에서 꺼내 줄 구원자다. 아이러니하지만 인정하지 않을 수 없는 사실이다.

매일의 '일'이라는 것이 우리에게 어떤 의미를 주는 것인지 더 깊이 나누고 싶은 날, 알랭 드 보통의 책 『일의 기쁨과 슬픔』(은행나무, 2012년)을 을 떠올린다.

> 우리의 하찮음과 약함에 관한 이야기는 너무 뻔하고, 너무 잘 알려져 있고, 너무 지루해서 되풀이할 필요가 없다. 흥미로운 것은 우리의 과제가 넓게 보면 분명히 말이 안 되는 것임에도, 확고한 결의와 진지함으로 그 과제에 다가간다는 것이다. 우리가 하는 일의 의미를 과장하고자 하는 충동은 지적인 오류이기는커녕 사실 우리를 살아가게 하는 생명력 자체라고 할 수 있다.

(중략)

우리의 일은 적어도 우리가 거기에 정신을 팔게는 해줄 것이다. 완벽에 대한 희망을 투자할 수 있는 완벽한 거품은 제공해주었을 것이다. 우리의 가없는 불안을 상대적으로 규모가 작고 성취가 가능한 몇 가지 목표로 집중시켜 줄 것이다. 우리에게 뭔가를 정복했다는 느낌을 줄 것이다. 품위 있는 피로를 안겨줄 것이다. 식탁에 먹을 것을 올려 놓아줄 것이다. 더 큰 괴로움에서 벗어나 있게 해 줄 것이다.

– 알랭 드 보통의 책『일의 기쁨과 슬픔』중에서

정신을 팔게 해줄 일, 불안을 가져가게 할 일, 정복했다는 느낌을 줄 일, 품위 있는 피로를 안겨줄 일. 그래서 나의 식탁에 소박하지만 먹을 것을 올려 놓아줄 일. 그것이 나의 평범한 일터에 있다는 것을 다시 한번 생각한다.

***

그날 이후, 선배를 만났을 때 나는 칭찬을 넘어 '아부'와 같은 말을 꺼내기 시작했다. "선배님 없으면 우리 프로그램 안 돼요. 그런 말씀 마세요"라든가, "선배님의 열정 존경해요. 선배님 덕분에 우리가 여기까지 왔어요" 같은 말이었다. 이것은 사실이기도 했지만, 그가 또 다음의 목표를 세우는 데 작은 도움은 될 수 있을 것이라는 기대 때문이었다.

만약, 이런 경험이 우리를 불면에서 벗어나게만 해준다면. 나는 비록 하찮은 계획이라도 만들자고 친구와 동료와 선배와 후배들에게 제안할 것이다.

17.

기억은 다르게 쓰인다

기억은 삶의 기록일까

아니면 해석일까

영화 《메멘토》(크리스토퍼 놀란 감독, 2001)가 관객에게 던진 질문이다. 이 영화를 본 사람이라면 누구나, 고민해 본 적 있을 것이다. 기억이라는 것이 그저 삶을 기록한 역사서와 같은 것인지 아니면 수많은 관계 안에서 나를 정의하는 어떤 해석인지에 대해.

영화 메멘토의 주인공(가이 피어스)는 기억을 잃어버렸고 자신이 누구인지 모른다. 기억이 사라진다는 것은 어떤 꿈을 꾸었고, 무엇을 향해 달려왔는지, 또 어디에 뿌리내리고 누구를 사랑했는지, 알지 못한다는 것이고 - 그것은 두려움이다.

남자는 필사적으로 자신의 몸에 기억을 기록하지만, 고통은 사라지지 않는다. 기억을 해석할 수 있는 기억을 다시 잃어버렸기 때문이다. 그래서 우리는 알 수 있다. 메멘토가 알려준 기억의 의미는 '나를 정의하는 삶의 해석'이라는 것을.

***

내가 영화 메멘토를 다시 떠올린 것은 61년생 신영숙

씨 때문이었다. 영숙 씨는 경기도 포천, 한탄강이 가까운 지방도로 길가에 살고 있었다. 그녀를 프로그램 주인공으로 삼고 싶었던 이유는 이런 삶의 이력 때문이었다.

- 15세 때, '어머니 권유'로 중학교 중퇴
- 학교를 그만두고 서울의 한 방제 공장에서 소녀 노동자가 됨
- 엄마와 외삼촌이 진 빚을 대신 갚고 두 동생의 학비를 충당함

엄마의 빚 때문에, 외삼촌의 소개로 학교를 중단했다는 것도 이해하기 어려웠지만, 다섯이나 되는 자녀 중에 왜 그녀가 이 멍에를 혼자 써야 했는지도 설득되지 않았다. 열다섯 어린 소녀가 동생 학비를 감당하겠다고 공장에 갔고, 엄마의 빚까지 갚는 것을 일생의 목표로 삼았다는 이야기는 아주 오래된 소설을 읽는 듯 현실감이 없었다.

열다섯 어린 딸을 홀로 세상에 내보낸 이유가 궁금해 사연을 따라 그녀 집에 도착했다. 낮은 지붕이 내려앉은 단층 주택. 투박하지만 넉넉해 보이는 마당. 어린아이를

위한 작은 그네가 눈에 띄었다.

영숙 씨는 남편과 함께 마당에 나와 나를 맞았고, 수박과 참외를 낡은 접시에 담아냈다. 각기 다른 모양을 하고 있는 포크 하나를 들고 덜 익은 수박 한 조각을 먹으며, 매일 반복되는 그녀의 일상을 듣고 있었다.

그때 삐그덕, 방문이 열리더니 아기 같은 표정을 한 팔순의 노모가 기어 나왔다. 손님이 와서 반가웠는지 구경하듯 떨어져 앉아 가만히 우리 대화를 듣고 있었다.

"시어머니세요? 이쪽으로 오세요."

"시어머니 아니에요. 우리 엄마예요. 친정엄마."

"아 그러세요. 그럼 이쪽에 오셔서 따님 이야기 좀 해주세요."

내 말에 분위기가 잠깐 서늘해졌다.

"우리 엄마 아프세요. 정신이 아파요."

"네? 정신이라면…?"

"치매세요. 치매. 기억 잘 못 해요."

치매를 앓고 있는 친정엄마를 모시고 사는 착한 딸의 고운 심성에 감동할 때쯤, 그녀는 나의 환상을 깨주었다.

"오빠네 집에 계시면 좋은데, 한 번 오셨다가 안 가시

네요. 그냥 우리 집에 주저앉으셨어요. 혼자 어딜 가지도 못하는데 어떡해요. 내가 책임져야죠."

약간의 적막이 흘렀다. 딸의 투덜거림에 아무런 저항도 하지 않고, 엄마는 그냥 웃고 있었다. 나는 치매라는 말에 용기를 내어 대놓고 물었다.

"그런데 맏딸도 아니고, 아들도 아니고 왜 모시고 계세요? 아들이 셋이라면서요. 형제가 모두 다섯이라고 하셨잖아요. 게다가, 자녀 중에 혼자 고생도 많이 하셨다고 들었는데…. 왜 이런 일까지, 억울하지 않으세요?"

나의 솔직한 질문은 그녀의 가슴속 빗장을 걷어찼다.

"그러니까 내가…, 내가…, 내가…."

그녀가 울기 시작했다가 아내 가슴을 주먹으로 치며 말했다.

"내가…, 열다섯 살에, 오빠 언니 동생들 다 학교 다니는데 나만 공장에 다녔어요. 외삼촌이 나보고 엄마 빚도 있는데 네가 좀 벌어야 하지 않느냐고…. 그래서 내가…, 내가…. 나만…, 나만…."

환갑이 된 영숙 씨는 열다섯의 착한 딸이 되어 울고 있었다.

외삼촌 말을 듣고 학교와 집을 떠나 공장 기숙사로 간 소녀는 꼬물거리는 손으로 돈을 벌었다고 했다. 죽을 것 같은 노동에 시달리면서도 악착같이 일했고 모든 돈은 집으로 보냈다고 했다. 날마다 집에 다시 가고 싶었지만 '엄마가 행복해질까, 형편이 좀 나아질까, 동생들은 공부할 수 있겠지.' 행복한 상상을 하며 마음을 달랬다고 했다.

세월이 지났다. 가난에 쪼들려 살다가 스물여섯, 빈손으로 결혼했던 그녀는 늘 가난했다. 버는 돈은 모두 친정으로 보낸 터라, 가진 게 없던 그녀였다.

그리고 다시 20년이 지났다. 아이들이 대학에 간다는데 학비가 부족해 대출을 알아보다가 아주 잠깐 생각했다고 했다. '엄마한테 도와 달라고 전화할까, 동생들한테 말해볼까, 아니면 오빠한테?' 하지만 아무에게도 전화하지 못했다. 착한 딸은 또 한 번 형제와 엄마를 먼저 생각했다.

다시 긴 시간이 지나고, 그녀와 남편은 복잡한 삶의 수레바퀴에서 벗어났다. 의무는 다했고 이제는 나를 위해 살아볼까 싶던 어느 날이었다. 환갑이 된 딸의 집으로 치매에 걸린 노모가 보따리 하나를 들고 온 것이다. 그것도 오빠라는 사람이, 치매에 걸린 노모를 차로 모시고 온 것이었다. 잠깐 계시면 또 모셔가겠지, 싶었는데 하루 이틀이 지나고 한두 달이 더 지나고 나서는 알았다고 한다.

'엄마는 이제 내 책임이구나. 엄마는 이곳을 떠나지 않겠구나. 아무도 데려가지 않겠구나.'

영숙 씨는 눈물을 감추지 않고 슬픔을 쏟아냈다.

"내가 진짜 살 수가 없어요. 나 고생하던 그 시절. 굶고 배고프고, 가난했던 그 시절. 난 돈 벌어서 다시 공부할 수 있을 줄 알았어요. 그런데…, 그때 기억하면 정말 가슴에 열불이 나요. 눈물이 멈추질 않아요."

가슴을 치면 조금 후련해지려나. 말리지 못하고 그녀의 탄식을 바라보았다. 남편은 늘 같은 레퍼토리라는 듯 미소를 지었고, 치매 걸린 노모는 중얼거리며 혼잣말을 시작했다.

"내가 그랬어. 내가. 내가 그랬지."

아무 죄책감도 없는 듯 천진하게 웃고 있는 노모는 슬픔이 가득한 영숙 씨의 집과 어울리지 않는 인형처럼 도드라졌다. 원망이 가득한 마룻바닥에 앉아 나는 두 사람을 번갈아 봤다.

전화로 몇 번 목소리를 들었고 주소와 전화번호를 알고 찾아온 것이 전부인데, 나는 이렇게 만난 지 겨우 20여 분 만에 영숙 씨의 슬픔 속으로 끌려 들어갔다.

할 수 있는 것이라곤 코가 빨개지도록 함께 우는 것밖에 할 수 없던 나의 위로는 그렇게 슬프게 다가갔다. 침을 삼키고 크게 호흡을 하고 연민을 담아 바라보는 일. 그것이 전부였다.

"엄마한테 물어본 적 있으세요?"

"뭘요?"

"왜 나만 그랬냐고요. 왜 나만 학교 안 보내고 공장 보냈는지. 물어본 적 있으세요?"

"아이고 없어요. 외삼촌한테는 대들고 싸운 적은 있는데 엄마한텐 못 물어봤어요."

얼마나 물어보고 싶었을까. 얼마나 따지고도 싶었을까.

"그래도 혹시 우리 방송하게 되면 한번 물어봐요. 어머님이 안 물어봐도 제작진이 물어볼 거 같아요. 괜찮으시죠?"

"그럼요. 물어보세요. 꼭 물어봐 주세요. 근데…."

"왜 걱정되세요?"

"그게…, 엄마가 치매라, 기억이나 할지 모르겠네요."

오늘도 또렷하게 남은 기억 때문에 고통을 안고 사는 늙은 딸 옆에, 상처 입힌 기억을 모두 놓아버린 엄마가 아기처럼 앉아 있었다. 미안하다는 말도 결코 들을 수 없게, 망각이라는 늪에 빠져버린 엄마. 원망도 하지 못하고 그렇게 함께 살고 있었다.

***

시간이 지날수록, 상처가 깊어진다면 이것도 불행이다. 그걸 알면서도 아픈 기억은 사라지지 않고 되살아나 나를 아프게 한다. 기억이 고통이라는 것을 알면서도 벗어날 수 없을 때, 나에게 화를 내기도 한다.

혹시 누군가 기억을 지워준다고 한다면, 단 한 사람에게만 남기고 다 지울 수 있다면 무슨 일이 생길까. 그런 일이 진짜 가능하다면, 기억하는 사람과 기억하지 못하는 사람 중 누가 더 고통스러울까.

그런 마을이 있었다. 로이스 로리의 소설 『기억 전달자』(비룡소, 2007) 속에 등장하는 '조너스(브렌튼 스웨이

츠)'가 사는 세상이다. 기억을 제한하기 위해 태어나는 아이의 수까지 관리하는 이 마을에는 한 해, 쉰 명의 아이만 태어날 수 있었다. 이유는 통제를 위해서였다. 이를 위해 불필요한 성적 욕망이 생기지 않도록 사람들은 약을 먹어야 했다. 그렇게 인간이 가진 본성을 포기하고 살아가는 것이야말로 '완벽한 행복'이라고 그들은 자부했다.

이 해괴한 나라에서는 모든 인간의 기억을 품어야 하는 특별한 한 사람이 있다. 나머지 사람들은 기억을 모두 삭제하도록 했다. 기억을 넘겨받는 사람을 '기억 전달자'라 불렀다. 마을에서 어떤 일이 벌어졌고 무엇을 했는지, 어떤 행복하고 즐거운 이야기가 있는지, 또 슬픈 사연과 아픈 사연은 무엇인지, 모든 기억을 오직 그 사람만이 할 수 있었다.

다음 세대를 위해 모든 기억을 전달받아야 하는 슬픈 운명을 가진 주인공이 바로 조너스였다. 이제 열다섯 살인 조너스는 마을 공동체를 위해 인류의 기억을 경험한다. 기억을 품어야 하는 이유조차 알지 못했던 조너스는 자신에게 기억을 넘겨준 기억 전달자에게 이유를 묻는다.

"어째서 기억 전달자님과 제가 이 기억을 품고 있어야 하나요?"
기억 전달자가 답했다.
"기억은 우리에게 지혜를 주기 때문이다. 지혜가 없었다면 원로 위원회에서 나를 불렀을 때 아무런 조언도 할 수 없었을 게다."
"그렇지만 굶주림에서 무슨 지혜를 얻어요?"
조너스가 투덜대면서 말했다. 기억을 전달받는 건 이미 끝났는데도 위가 쓰라렸다.
(중략)
"모든 사람이 기억을 품을 수는 없나요? 모두 조금씩 기억을 함께 나눈다면 일이 쉬워질 거라고 생각해요. 모든 사람이 이 일에 참여한다면 기억전달자님과 제가 그렇게나 많은 고통을 떠맡을 필요가 없잖아요."

-로이스 로리의 소설『기억 전달자』중에서

기억 전달자가 물었다.

"뭘 느꼈니?"

조너스가 대답했다.

"따뜻함이요. 그리고 행복. 그리고…, 좀 생각해볼게요. 가족이요."

***

기억으로 삶을 해석하는 습관이 우리를 불행하게 만들 때가 있다. 기억은 꺼낼수록, 다시 생각할수록 다르게 쓰일 수 있다는 걸 놓치면 안 된다. 과거를 형용사만으로는 정의할 수는 없다. 불행했고 억울했던 기억을 엄마에게 따질 수 없어 받아들였다는 사실이 과거가 아닌 오늘이어서 차라리 다행이다.

“그때 기억나? 그때 네가 나를 힘들게 했잖아.”

누군가 묻는다면 이렇게 대답하고 싶다.

“과거는 잊자. 앞으로 더 잘해줄게.”

아픈 과거에서 벗어나는 방법은 결국, 새로운 기억을, 그것도 행복한 기억을 만드는 수밖에 없다는 걸 우리는 알고 있다.

18.

분노가 나를 삼키려 해

누군가 나에게 분노를 퍼붓는다

나 역시 분노할 것인가

일요일 늦은 아침이었다. 아니다. 일요일 아침 9시는 이른 아침일 수도 있다. 아직 채 잠에서 깨어나지 못했던 일요일 아침, 9시에 벨이 울렸다. 그것도 우리 팀 막내 작가였다. 불안이 시작되고 있었다.

"작가님 죄송해요. 제가 잘못했어요."

"왜?"

"아버지가 화가 많이 나셔서, 작가님하고 통화하고 싶대요."

여기서 아버지는 나의 아버지도, 후배의 아버지도 아니었다. 내가 하는 프로그램의 출연 예정자인데, 우리는 그들을 어머니, 아버지로 불렀다. 그들은 누군가의 어머니 아버지였고 우리에게도 부모뻘이었다.

불안이 섞인 목소리는 그녀가 얼마나 고통스러운 아침을 맞이하고 있는지 예상케 해 주었다. 출연자 선정 과정에서 불만이 있던 '출연 예정 아버지'는 예의 없다는 이유로 후배에게 화를 냈고, "이런 식이면 나 출연 안 해"라고 했다는 거였다. 나는 누군가의 분노 건너에 있었기 때문에 "안 하면 되지 뭐"라고 쉽게 대답했다. 하지만 곧, 그 파도 앞에 섰다.

"아버지, 저 지난번에 만났던 작가예요. 왜 그러세요?"

"이거 말이야. 사람을 무시해도 그렇지, 나도 자존심이 있는 사람인데. 나 안 한다는 얘기를 왜 남한테 들어야 해? 어떻게 사람이 그럴 수가 있어."

이 답변은 그가 나에게 했던 말들을 상당히 의역해 점잖게 정리한 문장이다. 격양되고, 심지어 떨리는 목소리로, 가쁜 호흡으로 쏟아내는 그의 감정은 '불쾌'를 넘어서 '분노'로 가득 차 있었다. '도대체 이게 뭐라고, 이렇게까지 화를 낼까?' 이렇게 생각할 수도 있었지만, 그런 말은 하지 않았다.

처음엔 전화로 진행 상황을 알려주지 못한 점을 사과했고, 시시콜콜한 그의 역정을 모두 들었다. 그리고 월요일에 전화할 예정이었다는 변명 아닌 사실을 말하며 달래 주었다. 하지만 그는 자신의 분노를 조금도 개의치 않고 나에게 쏟아냈다.

이렇게 누군가의 감정 쓰레기통이 되는 일이 유쾌하지는 않다. 하지만 일이라는 것은 언제나 예기치 못한 상황에서 상상도 못 했던 누군가의 분노를 마주하도록 밀어낸다.

욕은 아니었지만, 화로 가득한 그의 목소리를 10분여 듣다가 녹음을 시작했다. 우리 대화를 증거로 남기려는 목적도 있지만, 또 다른 중요한 이유가 있었다. 녹음기를 켜고 나면 나는 이 대화에서 한발 물러설 수 있다. 감정에 휩쓸려 표류하지 않고 답을 향해 헤엄칠 수 있다.

녹음은 나 스스로를 제어하기 위한 방어 기제였다. '모든 것은 녹음된다'라는 사실에 나는 감정을 털어낸 채 그에게 말했다.

"아버지, 사과는 이미 했고 더 이상 제가 어떻게 뭐라고 할 말이 없어요. 이제 우리한텐 두 가지 방법이 남아 있어요. 모든 걸 없던 일로 하고 그냥 끝내는 일, 촬영 안 하셔도 돼요. 그게 첫 번째고요, 두 번째는 아버지가 좋게 생각하셔서 다음 달에 촬영하는 거에요. 이 두 가지 중에 뭘 하면 좋을지 생각해보고 정하세요. 저는 상관없어요. 근데 첫 번째 답은 어머니가 속상해하실 수도 있으니까, 잘 생각하세요. 네?"

사실 아이템이 엎어지면 섭외를 다시 해야 하는 좋지 않은 상황이었지만, 나는 담담하게 말했다. 상관없는 일은 아니었지만 '상관없게' 만들 수는 있는 일이었다.

아침부터 시작된 전화는 열 시에서 열한 시를 지나버렸다. 나는 누군가 쏟아낸 분노와 불쾌라는 감정에서 벗어나고 싶어 매콤한 쫄면을 만들어 먹었다. 식사를 모두 마치고 설거지를 하고 있을 때 그에게 다시 전화가 왔다. 아까와는 사뭇 다른 풀 죽은 목소리였다.

"내가 어떻게 하면 좋겠소?"

처음으로 들려준 존댓말이었다.

"어떤 게 좋긴요. 아버지 그냥 하면 되죠. 안 한다고 한 적이 없으니까. 순서가 바뀐 건 더 잘하려고 한 거니까 이해하시고 그냥 하시면 돼요. 아셨죠?"

"알았소."

젊은 날엔 공장에서 일하고, 아버지가 된 뒤 현장 노동자로 살았던 그는 가난에 허덕이던 어느 날, 자신의 고향이었던 섬으로 들어가 어부가 되었다. 힘든 노동 속에서도 뭔가 일할 수 있다는 것에 자부심을 느끼며 살았던 그는 노인이 되었고, 많은 섬사람이 그렇듯이 감정을 전하는 일에 미숙했다.

우리는 아까보다 다정한 목소리로 전화를 끊었지만, 그의 분노는 완전히 사라지지 않았다는 것을 알고 있다.

그렇게 감정이 몰아치고 난 뒤, 남은 잔해를 발견하는 과정이 있을 것이다. '내가 너무 심했나?'라든가, '그래도 그럴 수밖에 없었어'와 같은 생각들 속에서 자신을 다독이고 있을 것이다.

***

누군가의 분노가 나에게 몰려올 때도 있지만, 내 속에서 나의 분노가 몰아칠 때도 있다. 우리는 언제나 '좋은 사람'이고 싶지만, 이렇게 감정의 노예가 되어 누군가에게 쏟아낼 때도 있다. 가끔 '이 모든 갈등의 시작은 너에게 있어'라고 못 박아 보지만 후회는 남는다. 조금 더 세련되고 성숙한 모습으로 갈등을 풀어갈 수는 없었을까, 고민하지 않을 수 없다.

벨기에 작가 아멜리 노통브의 소설 『살인자의 건강법』(문학세계사, 2004)을 보면 팔순 노 작가 대문호 '프레텍스타 타슈'가 등장한다. 훌륭한 작품을 쓴 유명 작가였으나 나이를 먹으면서 그는 변했다. 인종 차별도 서슴지 않는 고약한 노인으로 늙어갔다. 작가로서 보여줬던 원래의 신념 따위와는 전혀 다른, 관심의 대상이 되고 싶어 몸부림치는 노인의 욕구를 거침없이 드러냈다. 게다가 '연골암'이라는 병에 걸려 뚱뚱해진 몸을 가누지도 못하고 살고 있었으니 그의 고집과 아집은 기자들에겐 가십거리가 됐다.

그런 그가, 죽음을 앞두고 인터뷰를 하겠다고 했을 때 정말 많은 기자가 그에게 달려왔다. 하지만 프레텍스타는 전투태세를 갖춘 채 기자들에게 궤변에 가까운 말로 삶의 분노를 털어냈다. 인터뷰가 이어지면서 기자들은 분노가 섞인 그의 대화법에 상처 입고는 이렇게 항변하기도 했다.

"타슈 선생님, 대화할 땐 항상 상대방을 모욕하기만 하십니까?"

하지만 프레텍스타는 단호하게 대답했다.

"모욕한 적 없소. 난 진단을 하는 거요."

목적지 없는 대화는 표류하는 배처럼 서로의 감정만을 상하게 할 뿐이었다. 이제 대문호는 자신을 인터뷰하기 위해 찾아온 네 명의 기자들을 차례차례 말로 '죽여' 버린다. 그렇게 기자들은 인터뷰하다 도망치듯 빠져나갔

"내가 섹스에 전혀 관심이 없다는 건 누구나 다 아는 사실일 게요.
그렇다 해도 결혼은 할 수 있었을 거 아니오.
아내를 무시해버리는 재미를 맛보기 위해서라도 말이오.
그런데 난 하지 않았소. 그게 다 신의와 친절이 함께 작용한 결과지."

고, 마지막 다섯 번째 여기자 '니나'가 등장하면서 이야기는 본론을 향해 간다.

노작가는 자신이 쓴 작품 '살인자의 건강법'이라는 소설에서 실제와 가상의 세계, 삶과 죽음이 가진 의미, 진실과 거짓이라는 주제를 마음껏 꺼내 떠들었다. 그리고 니나는 모두가 두려워했던 프레텍스타를 끊임없이 조롱한다. 그렇게 공격적인 질문과 망설임 없는 대답 속에 두 사람은 공통의 감정을 공유하게 된다. 소설 속에 등장하는 - 존재하지 않는 존재 - 살인자의 마음이기도 했다.

인터뷰가 끝나자 니나는 녹음기를 끄고 긴 소파 한가운데 앉았다. 지극히 평온한 상태였다. 혼잣말을 시작한 건 정신 착란이 일어나서는 아니었다. 그녀는 절친한 친구한테 말하듯 말했다. 조금은 명랑한, 애정 어린 말투였다.

"미치광이 영감님, 하마터면 제가 당할 뻔했네요. 영감님의 이야기는 이루 말할 수 없이 날 화나게 했답니다. 이성을 잃을 지경이었다니까요. 지금은 기분이 좀 낫군요. 한 가지 고백할 게 있는데, 영감님의 말씀이 옳았어요. 목 졸라 죽이는 건 정말 기분 좋은 일이군요."

– 아멜리 노통브의 소설 『살인자의 건강법』 중에서

분노에 사로잡히면 본질을 잃어버릴 때가 있다. 대화는 생명을 잃고 불쾌한 감정만 남게 된다. 그런데 만약 분노에 공감할 수만 있다면 어떨까. 결과는 다를 것이다.

물론 쉬운 일은 아니다. 소설 속 두 사람이, 가상의 소설 속으로 다시 들어가 살인자의 마음을 공유하는 것처럼. 그래서 자신에게 소리치는 노인에게 '미치광이 영감님'이라고 솔직하게 고백할 수 있다면.

***

누군가를 이해한다는 것은 쉬운 일이 아니다. 공감은 더욱 힘들다. 슬픈 감정을 이해하는 건 그나마 쉬운 일이다. '내가 그의 처지보다 낫다'는 식의 동정이 우리를 공감으로 이끌기 때문이다.

기쁨을 공감하는 일은 또 어떠한가. 함께 좋아하면서도 마음 깊은 곳 질투가 도사리고 있다는 것을 깨달을 때면 조악한 나의 마음에 실망하기도 한다.

그런데 분노를 공감한다는 것이 가능한 일일까? 내가 꼭 이해해야 하는 대상이 아니라면 우리는 이내 도망칠 것이고, 해야만 하는 대상이라면 차라리 포기할 수도 있다. 화로 가득한 누군가의 마음에 들어가는 건 용기가 필요하다.

누군가 나에게 분노를 쏟아낼 때, 나는 생각한다. '감정에 휩쓸릴 것인가, 감정을 공유할 것인가.' 가족과 친구라면 물론 이해하려고 귀를 기울이겠지만, 타인의 분노는 한발 다가가기가 쉽지 않다.

***

사회 초년생일 때, 상사에게 대들 듯이 물어본 적이 있다. 모든 대화는 불쾌했고, 감정 섞인 말투는 나를 좌절하게 했을 때였다. 정말 해보고 싶던 프로그램의 작가가 되었지만, 그와의 대화가 끝날 때면 매번 잠적해 버리고 싶었다. 그만두겠다는 말도 무서워서 하지 못하던 어느 날, 회식 자리에서 물었다.

"제가 뭐 잘못했어요? 왜 그렇게 저한테 화를 내세

요? 제가 싫으신 거면 얘기해주세요."

그의 분노와 화난 감정에 내 영혼이 완전히 잠식되기 전에, 살아야겠다는 생각으로 뱉은 말이었다. 말하면서 생각했다. '내가 이제 미쳤구나'라고.

얼마나 큰 목소리로 나한테 화를 낼까, 겁내며 그의 대답을 기다렸는데 예상과 달리 그는 가만히, 화내지 않고 나를 바라보았다. 그리고 조금 뒤 이런 대답을 해주었다.

"내가 좀 힘들어서 그런가 봐. 지금 해야 할 일이 많아서."

짧은 변명을 듣고 나니 기분은 훨씬 나아졌지만, 그날 이후에도 그의 말투는 크게 달라지지 않았다. 그래도 그는 조금씩 나의 눈치를 보기 시작했다. 물론 아주 조금씩이었지만. 화내듯 말하다 멈칫한다든가, "커피 마셔요"라며 카드를 내미는 일들. 혼잣말이었지만 "일이 끝이 없네"라고 들리게 말하는 시간이 늘어났다. 나는 조금씩 그의 감정에 동요되었고, 내가 계획했던 시간보다 길게 그와 함께 일했다.

***

일요일 아침 나에게 분노를 쏟아냈던 출연 예정자 '아버지'에게 다시 전화했을 때, 나는 이렇게 말했다.

"아버지 마음 알겠는데요, 앞으로 저희 막내 작가한테나 저한테 그렇게 화내지 마세요. 어느 누구도 아버지를 화나게 하려던 사람은 없어요. 화내려면, 먼저 사실부터 확인하시고요. 그리고 아버지 말하는 거 너무 무섭고 속상해요. 아셨죠? 네?"

나의 잔소리에 노인은 이렇게 대답해주었다.

"그럽시다."

분노가 나를 삼키려 할 때 방법은 하나뿐이다. "당신이 그렇게 하면 나는 아파요"라고 말하는 것. 너의 분노가 나의 감정을 무너뜨릴 수 있고, 너의 태도가 나의 정신을 상처 내고 있다는 걸 알게 하는 것. 이 솔직한 고백 외에는 해결책이 없다. 받아들여 준다면 우리는 함께할 수 있지만, 거절한다면 관계는 종료된다.

그리고, 그래도 좋다.

19.

나는 무엇을 위해 웃고 있나

나에게 웃음을 알려준

다정한 당신의 얼굴

겨울이었다. '나이'라는 것을 숫자로 기억하게 만드는 12월 마지막 주였다. 그날 좋아하던 후배가 서른 살이 된다며 이렇게 말했다.

"언니, 뭘 해도 심심해요. 뭘 해도 재미없어."

후배는 이 말을 하면서 슬픈 표정을 지었다. 표정이 너무 어두워서 어떤 위로도 하지 못했다. 아니, 솔직히 고백한다면 그 마음을 다 이해하지 못해서 아무 말도 할 수 없었다. 그냥 그런 불평을 담은 농담처럼 여겼다.

***

그날 저녁, 나는 사랑하는 선배를 만났다. 선배는 이제 마흔이라는 나이 앞에 서 있었다.

"어때? 마흔이 되는 심정은?"

내 질문에 선배는 잠깐 고민하다가 이렇게 대답했다.

"응…. 뭘 해도 힘들어. 아니, 아무것도 안 해도 힘들어."

대답을 뱉어낸 선배의 표정은 조금 쓸쓸해 보였다. 하지만 이내 웃었다.

나는 그날 선배가 보여준 미소의 의미를 알고 있다. 혹시라도 힘들다는 말에 내가 걱정할까 봐, '걱정하지 마'라고 덧붙여 준 다정한 미소였다.

"언니, 언니, 언니"라고 부르면 선배는 이렇게 대답해 줬다. "밥 사줄까?" 내가 아무 대답이 없으면 다시 물어 주었다. "술 사줄까?"

우리는 서로의 슬픈 이야기를 너무 많이 알고 있지만, 그 이야기를 누군가에게 떠벌리지 않았다. 선배는 긴 세월 동안 나를 향해 그렇게 웃어주던 사람이었다. 그녀의 웃음은 가끔 나에게 성경처럼 거룩하다가도 국밥처럼 따뜻하게 다가왔다. 언제라도 찾아갈 수 있는 사람이 누굴까, 떠올리면 늘 생각나는 사람이었다. 내 삶에 가장 소중한 사람들을 손꼽으라고 한다면, 또 거기에도 그 선배가 있었다.

그녀를 떠올릴 때면 언제나 함께 떠오르는 건 미소였다. 너무도 긴 세월 동안 나를 향해 웃어주던 그 미소. 그것이 나에게 얼마나 큰 위로였는지, 선배는 알지 못한다.

***

며칠 전 후배가 찾아와 커피를 사달라고 했다. 갑작스러운 요청에 술을 사줘야 하는 건 아닐까 물었지만, 후배는 단호하게 말했다.

"술 먹으면 울 것 같아서 안 먹을래."

감정에 치우치지 않으려고 마음을 다독이며 그녀를 바라보았다. 힘들게 꺼낸 말은 놀랍게도 피식, 웃음이 새는 질문이었다.

"언니. 내 웃음이 헤퍼 보여?"

"이건 또 무슨 장르야. 로맨스야, 코미디야?"

"……."

"그럼 혹시 시사 다큐 같은 거야?"

"응."

잠깐 고민하다가 진지하게 물었다.

"왜 누가…, 너 웃음이 헤프다고 했어?"

후배는 술도 먹지 않았지만, 눈물을 흘리기 시작했다. '슬픈 눈물'이라기보다는 '억울한 눈물'이었다. 짜증이 잔뜩 섞인.

"나는 그냥 웃는 건데. 내가 웃는 게 싫은가 봐."

"도대체 누가?"

"같이 일하는 우리 팀 선배가. 내가 게스트한테 웃는 게 꼬리 치는 거 같다고…."

"뭐?"

"그리고, 그렇게 헤프게 웃는 게 PD들한테 잘 보이려고 하는 거 같다고."

"……?"

***

후배의 고민은 타인의 이야기처럼 들리지 않았다. 나 역시 어린 시절부터 '웃음'에 대해 고민하며 성장했기 때문이다.

내 기억 중 하나 - 아주 어렸을 때부터 - 엄마는 나에게 '웃으라'고 했다. 그러면서 항상 이렇게 덧붙였다.

"넌 안 웃으면 화난 것 같이 보이니까 웃어야 해. 웃어."

엄마의 요구가 있을 때마다 나는 입꼬리에 힘을 주었고, 엄마는 나를 칭찬했다.

"그래. 웃으니까 이렇게 예쁘잖아."

성장하면서 나는 웃지 않는 순간에 대해 죄책감을 느껴야 했다. 집중할 때, 원고를 쓸 때, 몽상에 빠졌을 때, 무표정해지는 순간이 찾아왔고, 나는 나의 표정을 점검해야 했다.

사랑하는 사람들이 혹시 내가 화났다고 생각하는 건 아닐까, 이런 식의 은근한 스트레스는 오로지 나만의 비밀이었는데 혹시 진짜로 누가 묻는다면 화를 냈을 수도 있다. "나 화난 거 아니야. 그냥 힘들어서 그래. 난 뭐, 꼭 웃어야 하는 거야?"라는 식으로.

멍하게 생각에 잠겨 무표정한 나를 들키고 싶지 않아 조바심을 내다가도 "나 원래 얼굴이 이래. 멍 때리는 거야. 화난 거 아니야"라고 변명하기도 했다.

웃음에 대한 강박은 관계 안에서 때론 긍정적으로 작용했다가 때로는 부작용을 일으키기도 했다. 나의 웃는 얼굴에 대해, 누군가는 나를 '인상 좋다'고 말했지만, 누군가는 질투의 시선을 보냈다. 혹은 '인생 고민이 없는 여자'라는 식으로 단정 짓기도 했다.

그런데 요즘은 그런 생각이 든다. 나는 엄마가 원하는

그런 사람은 아니었을 거라는 의심. 긍정적인 생각으로 가득 차 절로 미소가 쏟아지는 오후 햇살 같은 존재는 될 수 없다는 사실. 어쩌면 나는 너무 자주 절망하고, 쉽게 좌절했다가, 힘들게 회복하는 인생을 살고 있다는 것을. 그래서 나에겐 미소라는 건, 애쓰고 노력해 뒤집어써야 하는 '마스크' 같았다는 것을. 그럼에도, 불구하고, 행복을 찾아, 오늘도 부족한 미소를 사람들에게 나누고 있다는 것을.

***

웃음의 힘을 생각하면 떠오르는 소설이 있다. 프랑스 작가 장 튈레의 소설 『자살가게』(열림원, 2007)다.

이 소설은 가문 대대로 자살 용품만을 판매해 온 한 상점의 이야기를 그려내고 있다. 튀바슈 가문이 운영하는 이 가게에는 자살하는 데 도움이 되는 제품을 창의력 있게 만들어 팔고 있는데, 예를 들어 이런 것이다. - '목매다는 밧줄' '동맥 절단용 면도날' '활복 자살용 단도' '총' '독 묻은 사과' '투신하기 위해 매다는 시멘트 덩어리' 같은 고전적 제품은 물론이고, '만지기만 해도 되는 독약'이라든가 '달콤한 죽음의 키스'까지, 자살 제품은 상상 이상으로 다양했다.

"자 독약이라…. 그래 어떤 거로 권해드릴까? 만지는 거-글자 그대로 만지면 죽습니다. 흡입하는 거, 먹는 거 이렇게 있는데요…."

"어…. 글쎄요. 어떤 게 제일 좋은가요?"

"만지는 게 제일 신속하죠! 산(酸)으로는 '푸른 뱀장어'가 있고 독(毒)으로는 '황금 개구리' '저녁별' '요정의 재앙' '치명적인 서릿발' '잿빛 공포' '해리성 기름' '메기' 등등이 있는데요. 근데 이가 다가 아닙니다. 일부 품목은 신선고에 따로 보관되어 있으니까요."

-장 튈레의 소설『자살가게』중에서

상황과 나이에 맞게 자살하기 좋은 제품을 설명하는 친절한 상점 주인에겐 세 명의 자녀가 있었는데, 첫째와 둘째는 집안의 분위기를 잘 물려받아 부정적이며 비관적인 생각을 하고 있었다. 하지만 문제는 막내아들이었다.

자살가게와 어울리지 않게, 막내아들 알랑은 태어날 때부터 '웃는 인상'을 가지고 있었다. 부모와 달리, 심지어 형, 누나와도 달리 세상을 '낙관적'으로 바라보고 있었다. 아무리 엄마가 비관적인 인생을 가르쳐도 알랑은 이해하지 못했다.

얘기를 듣는 중 흥미를 느꼈는지 손님이 알랑에게 다가간다.

"여기 이 아이인가요……?"

순간 아이는 금발의 곱슬머리가 찰랑한 얼굴을 돌려 여자를 쳐다본다. 가만 보니 넓적한 반창고가 아이의 입을 완전히 봉하고 있다. 분홍빛 표면에는 아주 심술궂게 생긴 입술과 그 새로 날름 내민 혀가 사인펜으로 그려져 있는데, 아래로 축 처진 모양새가 몹시 불쾌한 감정을 표현하고 있다.

'모래 상인' 약병을 포장지에 싸면서 아이의 엄마가 사정을 설명해준다.

"그 애 형인 뱅상이 그려 넣은 거랍니다. 혀 내미는 얼굴로 만들어 놓는 데 난 그다지 찬성하는 입장은 아니었지만, 그래도 툭하면 삶이 아름답다며 웃어 젖히는 소릴 듣는 것보단 그 편이 훨씬 낫더군요….”

– 장 틸레의 소설『자살가게』중에서

삶이 아름답다며 웃는 소리를 듣지 않기 위해 입을 막아버린 가족. 자살하고 싶은 세상을 강조해야 장사가 잘 될 텐데, 아이의 긍정적인 삶의 태도는 장사에 방해가 될 뿐이었다. 하지만 알랑의 미소는 끝이 없었고 가족 그 누구도 막을 수 없었다. 오히려 조금씩 달라지기 시작했다.

가족들이 가진 부정적인 삶의 태도를 긍정적인 희망으로 바꾸기 위해 작정하듯 태어났던 막내아들 알랑. 저자는 이것을 ‘알랑의 임무’라고 표현하기도 했다.

***

웃음이 우리에게 ‘어떤 임무’가 될 수 있다면 이런 것은 아닐까.

– 나의 삶을 보다 긍정적인 세상으로 이끌어 가기 위

한 도구로

- 절망하는 가족과 친구, 이웃들에게 희망을 전하는 선물로
- 힘없이 주저앉아 있다가도 '다시 할 수 있어'라고 외칠 수 있는 에너지로

'웃는 얼굴'을 고민하며 눈치 보던 후배에게, 그날 나는 이렇게 말해주었다.

"나는 네가 웃는 얼굴이 너무 좋아. 보고 있으면 괜히 행복해져. 그러니까 쓸데없는 말에 운다면 눈물이 아까운 거야."

대답 없는 후배에게 한마디 덧붙였다.

"그러니까 빨리 웃어줘. 엉? 하하하…."

20.

나는 너를 진짜 사랑했을까

사랑이 변한다면

그건 너 때문일까, 나 때문일까

언니의 약혼식을 하루 앞둔 밤이었다. 이제 곧 가족이 될 사람들이 모여 밥 한 끼를 먹는 날이었지만, 예비 형부는 이날을 '약혼식'이라고 불렀다. 그리고 그날을 위해 언니는 뚜껑 열리는 소리가 듣기 좋은 라이터 하나를 샀고, 우리는 내일을 기다리며 함께 잠자리에 누웠다.

그때였다.

"나 걱정돼."

언니가 침묵을 깨며 말했다.

"뭐가?"

"……."

"밥 한 끼 먹는 건데. 그것도 가족들만 모이는데 걱정될 게 뭐 있어?"

"그게 아니라…."

"그게 아니면 뭔데?"

"내가…."

언니는 망설이면서도 한숨 쉬듯 말했다.

"나, 그 사람을 사랑하는 건지 잘 모르겠어."

사랑을 확신하지 못한다던 언니는 결국 그 남자와 결혼했다. 두 사람은 딸을 낳았고 아직 서로를 바라보며 살아간다. 이제 "언니, 형부 사랑해?"라고 물어볼 필요가 없는 까닭은 그들은 가족으로 긴 세월을 살았기 때문이다. 아니 어쩌면, 누구나 사랑의 정의가 다르다고 생각하기 때문에 묻지 못했을 수도 있다.

***

어렸을 때 나는 사랑이라는 것이 갑작스럽게, 그렇게 찾아올 수 있는 것인지 알지 못했다. 나는 그냥 궁금했다. 무엇으로 사랑을 확신할 수 있을까.

나와 같은 기독교 신자는 현실감 없는 사랑을 추구할 때가 있다. 신이 보여준 사랑이라든가, 어머니가 자식에게 퍼붓는 사랑 같은 것. 조건 없는 헌신과 무한대의 믿음. 털어낼 필요가 없는, 사람을 살리는, 신이 인간에게 선물한 최고의 축복이 사랑이라는 결론. 하지만 그런 나의 생각은 사랑을 경험하면서 조금씩 바뀌었다.

사랑이 끝나갈 때 – 아니 어쩌면 이것은 처음부터 사랑이 아니었을 것이라 믿고 싶을 때 - 묻고 싶다. 사랑은 어떤 감정에 불과한 것인지 그렇지 않다면 육체적 욕망의 대가인지 말이다. 그래서인지 나는 가끔, 사랑을 일종의 '감정'으로만 취급하는 것이 슬프다.

***

사랑이 인생의 주제였던 어느 겨울밤, 내가 일하던 라디오 프로그램이 끝나고 친한 PD 언니와 진행자 아나운서, 그리고 동생 작가와 함께 어묵 꼬치에 술을 마신 적이 있다.

눈이 푹푹 내리던 겨울 깊은 밤이었는데, 언니는 코트 안에 얇은 슬립 같은 원피스를 입고 나왔다.

"이게 뭐 하는 짓이래?"

우리가 즐겁게 웃었을 때 PD 언니는 진지하게 말했다.

"오늘 사랑이 찾아올지 몰라서. 그럼 나는 코트를 벗고 침대로 갈 거야."

그런 언니의 계획이 싫지 않았다. 누구는 첫사랑과 결혼했고, 누구는 첫사랑에 실패했고, 또 누구는 진짜 사랑을 하지 못했다고 푸념하던 중이었다. 그때 PD 언니의 얇은 슬립은 어두운 어묵집 조명 아래 트로피처럼 빛났다. 내 손에 쥐고 싶을 만큼, 매혹적이었다.

그 밤 우리는 사랑이라는 뜨거운 감정에 휩쓸리기 바라는 소녀처럼 서로를 응원했다. 운명이어도 좋고, 교통사고 같아도 좋으니, 그렇게 나의 삶에 '뭔가' 찾아와 주길 바라고 있었기에 더욱 그랬다.

그때 첫사랑에 '성공'해 결혼한 아나운서 언니가 말했다.

"만약 나는, 남편이 나랑 살다가 또 다른 사랑을 만난다면, 아니지 그게 진짜 사랑이라고 말한다면 나는 헤어져 줄 거야."

우리는 "우~"하며 손뼉을 쳤지만, 이내 진지해졌다. 도대체 왜, 이런 고민을 하고 있을까.

"사랑은 변하니까. 우리 마음에 영원한 건 없으니까. 그래서 언젠가 내가 먼저 변할까 봐 무서워. 그 사람이 변한다면, 나는 보내줄 거야."

사랑이 이미 그녀에게 선전 포고라도 해온 것처럼, 그녀는 쓴 소주를 결연하게 마셨다. 자신의 감정이 변할까 무서웠을까, 그렇지 않으면 상대방의 감정이 변할 것이라는 막연한 두려움 때문일까. 혹은 내가 헌신한 것만큼 그가, 그녀가 나에게 헌신하지 않을 것이라는 일종의 예측이나 분석 같은 거였을까. 그것도 아니라면 사랑을 숙제하듯, 조금 힘들게 풀어가고 있던 거였을까.

***

사랑의 지속성을 가늠하지 못하는 이유를 타인에게서 찾는다면, 이유는 너무 많을 것이기에 나는 조심스럽게 말해본다. 불완전한 사랑이 지속성의 한계 때문이라면, 시작은 타인에게 있지 않다. 나에게 있다. 처음에는 상대방이 나를 예전처럼 사랑하지 않기 때문이라고 말하고 싶겠지만, 가끔은 그것이 핑계가 된다. 오히려 상대방에 대한 내 감정이 변했다는 걸, 감추고 있기 때문이다.

사랑에 빠진다는 것은 희망이 자기 인식에 승리를 거두는 것이다. 우리는 자신에게 있는 것 - 비겁함, 심약함, 게으름, 부정직, 타협성, 끔찍한 어리석음 같은 것 - 을 상대에게서 발견하지 않기를 바라면서 사랑에 빠진다. 우리는 선택한 사람 주위에 사랑의 방역 선을 쳐 놓고, 그 안에 있는 모든 것은 어떻게 된 일인지 우리가 가진 결함으로부터 자유롭고, 따라서 사랑스럽다고 결정해버린다.
- 알랭 드 보통의 소설『왜 나는 너를 사랑하는가』중에서

내가 가진 결함을 감추고, 그것으로부터 자유로운 척, 그리고 마치 새로운 주인공을 만난 것처럼 상대방을 창조하고 미화해서 사랑이라는 걸 시작한다면 그 끝은 어떻게 될까. 사랑을 지키기 위해 내가 '비겁하지 않고, 심약하지 않고, 게으르지 않으며, 정직하고, 현명하게' 변해갈 수도 있지만, 쉽지 않다. 그렇다고 내가 불완전하고 나약한 사람이라고 고백하면서 사랑해달라고 애원할 수는 없지 않은가. 그래서 사랑은 비극이 된다. 감정이라는 것에 휩싸였다가, 차갑게 식어가는 것. 그것이 사랑이라면. 너무 비극이다.

'그가 나를 이제 사랑하지 않는다'라는 말은 '내가 이제 그를 사랑하지 않는다'라는 말과 다른 뜻일까. 사랑하지 않는 이유를 분석하고, 그냥 잘될 것이라고 낙관하는 일이 불완전한 사랑을 지켜가는 데 도움이 될까. 사랑이 영원할 것이라는 확실성을 버린다면 우리는 사랑에 자

“사랑에 빠지는 일이 이렇게 빨리 일어나는 것은

아마 사랑하고 싶은 마음이

사랑하는 사람에 선행하기 때문일 것이다.”

유로울까. 사랑으로부터 상처받지 않기 위해 혼자가 된다면, 우리는 더 행복할까.

***

사랑의 무게를 저울로 잴 수 없다는 걸, 우리는 알고 있다. 그러면서도 우리는 습관처럼 전화 통화 빈도와 선물의 양, 기념일을 챙기는 정성, 나를 위해 시간을 얼마나 내고 있는지를 측량해서 사랑의 무게를 달아본다. 내가 더 뭔가를 포기했다고 생각하고 더 손해 보는 것은 아닌지 계산기 앞에 선다. 그리고 이내 불행해진다. 내가 준 것보다 더 받지 못해서, 나는 사랑받을 자격이 없는 사람이라고 생각한다.

사랑받고 싶다는 욕구 때문에 우리는 가끔 '내가 할 수 있는 것 이상의 무언가'를 하게 된다. 문제는 모든 에너지를 소진하고 나면 누워 버린다는 거다. 더 노력할 힘이 없다고 말하며 '사랑이 끝났다'고 선언하고 관계를 포기한다. 사랑의 무게를 재다가 내가 손해 보는 일이라고 결론 내릴 때 너무 차갑게 관계를 끝낸다.

이것은 사회에 나가서도 이어진다. 조직에서 사랑받길 원하고 상사에게 인정받기를 꿈꾸며 자신을 괴롭힌다. 무슨 일이 있으면 나를 제일 먼저 불러서 의논하던 선배가 어느 날부터 다른 사람과 의논하는 걸 봤을 때 상실감을 느끼기도 한다.

나의 존재를 누군가를 통해 확인하는 습관. 이건 슬픈 일이지만 풀기 어려운 숙제다. 그래서, 권하고 싶다. 누군가의 표정과 태도에서, 말투와 뉘앙스에서 사랑의 증거를 찾는 일은 그만두자고. 그 이유는 아이러니하게도 모두가 사랑으로부터, 절대로, 완전히 멀리 벗어날 수가 없다는 것을 - 알고 있기 때문이다.

방법은 하나다. 그냥 사랑하는 것뿐.

서툴지만, 결국엔 위로

다큐 작가 정화영의 사람, 책, 영화 이야기

초판 1쇄 발행 2022년 2월 1일

지은이 정화영
펴낸이 김옥정

만든이 이승현
디자인 페이지엔

펴낸곳 좋은습관연구소
주소 경기도 고양시 후곡로 60, 303-1005
출판신고 2019년 8월 21일 제 2019-000141
이메일 buildhabits@naver.com
홈페이지 buildhabits.kr

ISBN 979-11-91636-17-8 (종이책)

좋은습관연구소에서는 누구의 글이든 한 권의 책으로 정리할 수 있게 도움을 드리고 있습니다. 메일로 문의주세요.